讲给孩子的唐宋诗

谢韩 著

四川人民出版社

图书在版编目（CIP）数据

讲给孩子的唐宋诗 / 谢韩著 . -- 成都 : 四川人民出版社 , 2018.12（2019.2 重印）

ISBN 978-7-220-11067-2

Ⅰ . ①讲… Ⅱ . ①谢… Ⅲ . ①唐诗–儿童读物 ②宋诗–儿童读物 Ⅳ . ① I222.74

中国版本图书馆 CIP 数据核字（2018）第 238168 号

JIANGGEI HAIZI DE TANGSONGSHI

讲给孩子的唐宋诗

谢韩 著

出品人	黄立新
责任编辑	李淑云
有声书策划	郭 健 范雯晴
播 讲	周 铁 宫园源
制 作	陈 醉
封面设计	叶 茂
版式设计	张 妮
责任校对	韩 华
责任印制	祝 健
出版发行	四川人民出版社（成都槐树街 2 号）
网 址	http://www.scpph.com
E-mail	scrmcbs@sina.com
新浪微博	@ 四川人民出版社
微信公众号	四川人民出版社
发行部业务电话	（028）86259624 86259453
防盗版举报电话	（028）86259624
照 排	四川胜翔数码印务设计有限公司
印 刷	成都市金雅迪彩色印刷有限公司
成品尺寸	142mm × 190mm
印 张	9.5
字 数	150 千
版 次	2018 年 12 月第 1 版
印 次	2019 年 2 月第 2 次印刷
书 号	ISBN 978-7-220-11067-2
定 价	59.80 元

自 序

阿鸣刚上幼儿园的时候，因为上午要送他上学，在路上有十五分钟的车程。一大早，母子俩也不知道说什么话，车里安静无声。有天我突然想，要不就背背诗吧。背完之后担心他听不懂，就用比较调皮的口吻逐句解释，他似乎也能听得进去。有时候也会提出自己的想法，讲“北风吹白云，万里渡河汾”时，他说希望是北风吹南风，因为这样会下雪。讲“我醉欲眠卿且去，明朝有意抱琴来”时，他说不是抱琴，应该是抱碗，因为还要再来喝酒。我当然没有去纠正他，就让他天马行空地去想吧。也并没有刻意要他背下来，只是在他面前读很多次，有时候，他突然间跟你来几句，也很让人惊喜。

当然，阿鸣从小就听我背过一些诗了。不是专门背给他听的，很多时候，其实是背给我自己听的，是利用起无聊的哄睡时间罢了。阿鸣几个月大的时候，我自己在背《圆圆曲》，他只要听上两遍，也就睡着了。低龄的孩子，会更加容易喜欢上这些抑扬顿挫又押韵的句子。

听这些对孩子来说有什么用吗？没什么用，最多就是让他相对喜欢有节奏感、有韵律的句子罢了。兴起的时候，阿鸣会摇头晃脑地造句，七个字七个字地，全然不通，然而自己念得头头是道，觉得很好玩。有时候在床上翻来覆去睡不着时，除了要我讲故事、唱歌外，也会要我背诗给他听。

有一次他做错事了，我非常生气，他又在一边哭得停不下来，让人非常烦躁。他突然跟我说："妈妈你背诗给我听吧。"我顿时就呆住了，仿佛福至心灵，马上收拾情绪去读一首熟悉的《黄鹤楼》，诗读出来，自己已然没那么生气，阿鸣也安静了下来。也许他并不是想要听读诗，只是聪明地觉得，背诗可以让愤怒的妈妈安静下来，不再那么可怕吧。事后想想，我真佩服他当时的机智。

所以，诗歌是拿来做什么的呢？不是为了彰显博学，而是为了在平凡的哀乐相并的生活中，获得那一点点来自心灵的力量吧。

《诗大序》中说：“诗者，志之所之也，在心为志，发言为诗。”诗，是心里所向往的、所追求的反映，在心里想的时候，它是意志，说出来便成了诗。诗是人所想所感的提炼，是精华，是由心而发的。孔子说，诗可以“兴、观、群、怨”，其实简单来说，兴就是感发。由物而及心，譬如望月而思乡，见花而落泪，“悲落叶于劲秋，喜柔条于芳春”，诗歌让人的心灵更加敏锐、充盈，去感知万事万物的变化，有更为深远宽广的视野，而不汲汲于眼前的得失。这是诗歌最基础、最人性的力量。

对于孩子而言，我希望能够让他感受到这样的力量。

关于这本书，还有几点需要说明。

选诗向所不易。唐宋诗是我国古代诗歌发展的高峰，题材的拓宽，技巧上的成熟，出现了非常多脍炙人口的作品，造语平易，光景明丽，意境开阔，正是适合孩子的。本书所选，有与市面上常见的儿童诗词读物相同的，也有些是常见读物里，相对少见的。要说有什么统一的标准，也很难完全说得清楚。大致在情感上，以低龄孩子理解范围内为主，更偏重于诗中的兴味和趣味。在诗体上，以绝句为主，间有律诗。绝句短小精悍，流美生动，表现的场景相对而言比较简单，孩子容易理解和接受。律诗对仗精巧，韵律严整，方便孩子培养语感。

古代的诗如何去讲？有太多现成的了。这本书中，相对来说，是用了更为生活化和日常化的语言，让孩子去感受古典诗歌的美感和动人的情感。这种感受，跟细心体察花开花落、春去秋来并无二致。就体例而言，大体每篇选诗两首，题材上相对接近，有一定的对比性。诗的解释主要从孩子的角度去写，口吻相对调皮可爱。每篇有赏析，长短不一，主要是给大人看的。篇中尽量择选了与诗句相关的古画，希望读者通过古人的画，领略到诗中意境之一二。诗的文本以通行版本为主，间有个别异文影响通篇理解的，在正文注出并说明。

关于孩子古典诗词的陶冶，还想多说几句。对于孩子还不能理解的诗，也并不意味着不可以教给他们。唐人还有大量优秀的古体诗，有些虽然篇幅长，但胜在声律婉转，也很适合读给孩子听。普通话中已无入声字，如能以方言读之，当更能体现。诗中的声律，也是古典诗词独有的美感之一，多读多听，对于记忆力极强的孩子而言，背记下来也几乎是水到渠成的事情了。而说到最好的唐诗选本，依然是经典的《唐诗三百首》。

本书写作过程还算顺利，基本是我平时读诗的体会。一两篇小文尚可，结集出版，便仿佛将腹中所有倾吐而出，时时觉得自己的浅薄，那也真是无可奈何。选诗虽相对简单易懂，也有不少疑义存在，还请各位读者批评指正。

感谢我大学时的导师彭玉平教授，彭老师在得知此书即将付梓后，欣然题写了推荐语，令拙作顿增光彩。本书的编写，得到一些朋友的帮助和鼓励，尤其是一些素未谋面的朋友，感谢网络，让我得以遇见。文中所用古画，遵照常见或一般观点署名，部分图像来自台北故宫的公开图像，在此一并致谢。编辑李淑云女士是我的大学同学，数年前，她便说过要帮我出一本书，如今将要实现，令人感慨莫名。大学时我们同在系里的剧社，一起排练《游园惊梦》和《秋江》，今历历在目，而岁月如流。

最后，不要期望孩子因为读了诗，就会有什么改变，不要抱着功利心去读诗，它只是我们生活本身的一部分，并且一直都是。

谢韩

二〇一八年九月十八日

目录

四季和时节

花鸟和路上的风景

眷念亲友

一个人的心事

讲给孩子的唐宋诗

四季和时节

不想起床的春天

春　晓

◎唐 · 孟浩然

春眠不觉晓，处处闻啼鸟。
夜来风雨声，花落知多少。

这是一首春天睡觉不想起床的诗。

第一句：春天的时候睡觉，都不知道天亮了，还想一直睡一直睡。“晓”就是天刚刚亮的时候。

第二句：小鸟都出来了，到处叫。把不知道已经天亮的诗人给吵醒了。

第三句：诗人想起，昨天晚上睡觉的时候，好像听到外面刮风下雨的声音。

第四句：不知道这场春天的风雨，会不会把刚刚开的花打落了。是打落一点点，还是一大半，还是全部都打掉了？诗人不知道，他还得起床看看才知道。

诗人想到要看花，大概就会赶紧爬起来了吧。

这首诗大概也是人尽皆知了，是非常“典型”的春天的诗：使人困觉的天气、鸟声、风雨、花，这些都充满着“春天”的元素。至于这首诗为什么好，它不止写出了春天，还有对万物的关切。夜里听风雨，会担心才开放的花儿。花开花落，其实与人何干呢？敏感、动人的诗心，正在于此。

春夜喜雨

◎唐 · 杜甫

好雨知时节，当春乃发生。
随风潜入夜，润物细无声。
野径云俱黑，江船火独明。
晓看红湿处，花重锦官城。

第一、二句：好雨是知道时节的：什么时候该下，什么时候不该下。春天就是该下雨的时候，所以它就下了。

第三、四句：春雨是很小很小的，尤其是晚上，更加看不到了。只感觉到它随着风悄悄地跑进了夜里，滋润着万物，却一点声音都没有。

第五、六句：诗人看到，云全是黑沉沉的，好像压在田野的小路上，江上的船点着灯火，在暗夜里显得非常明亮。

第七、八句：这个雨呀，大概还要下一夜的。诗人想着明天早上起床，整座城里的花就会被雨打得又湿又重，把整个城市都压得沉甸甸的。“锦官城”是成都的别称，

溪山春晓图（局部）

宋·惠崇

古时候出产非常漂亮的蜀锦。

这大概是关于春雨最出名的诗了。杜甫这首五律，四平八稳，首联即点题，单刀直入，颔联写春雨的形态，无声似亦无形。颈联宕开一笔：写云是为了写春雨的绵延不绝，写船火是衬托“黑”，也暗示着春天到了，渔民开始捕鱼了。尾联扣“喜”字，是期盼中明朝的景象。

与上一首相比，诗人也同样关心刚刚开放的花。但是这场春雨非常小非常小，诗人知道，花不会被打落，而只会开得更好了。

最早的春天在哪里?

早春呈水部张十八员外（其一）

◎唐 · 韩愈

天街小雨润如酥，草色遥看近却无。
最是一年春好处，绝胜烟柳满皇都。

这是一首早春的诗，早春就是春天刚刚开始的时候。诗人的朋友叫张籍，他在家族里排行十八，所以叫张十八。唐人很喜欢用排行来称呼朋友。诗人想邀请他一起出来看看春天的景色，所以写了这首诗。

第一句：京城街道上下了小雨，那个小雨啊，很小很小，滴到皮肤上润滑润滑的，像酥油一样的。天街是说京城的街道。唐代的京城在长安，也就是现在的西安。

第二句：小草刚刚长出来，远远看着有点绿绿的，可是走近一看又似乎没有。因为实在是太小了。

第三、四句：早春是一年里春天最美好的光景了，与绿绿的柳树长成之后、覆盖着整座京城的时节相比，还要好很多很多。绝胜，就是远远地胜过、远远地超过。

夜　月

◎唐 · 刘方平

更深月色半人家，北斗阑干南斗斜。
今夜偏知春气暖，虫声新透绿窗纱。

第一句：夜已经很深了，月亮还很亮，照着庭院。因为月已经斜了，在半空中，庭院里有一半在月光下，一半呢，在旁边房子的阴影里。所以是“月色半人家”。

第二句：北斗七星和南斗六星都斜斜地躺在天上。阑干就是横躺着的意思。

第三句：诗人说，在这个还很寒冷的深夜里，他偏偏知道春天已经来了，有点暖意了，为什么他能知道呢？

第四句：因为呀，他听到了虫子的鸣叫声，从绿窗纱外透过来。冬天的时候昆虫都睡觉去了，只有天暖了，它们才活动起来。虫子比人更早地感觉到春天的气息。

关于春天的诗很多，在这样美好的季节里，诗人喜欢写诗。

这两首都是关于早春的诗，春天还没有铺天盖地地来，还只是悄悄地、刚刚伸出一只小手，就被诗人捕捉到了。

若有若无的草色，半夜里细细的虫鸣，都在昭示着春天的到来。

得趣在人册

明·汪中

第一首写小雨润如酥，草色有若无，生动地捕捉到了早春的景色。小雨润如酥，不只是小，还有润，有身体发肤的感受，是春天滋养万物的气息。最后两句，倒是诗人刻意说的，因为他要催着朋友赶紧出来看风景，所以不得不把话说得夸张一些。韩愈在同题的第二首诗中写道：“莫道官忙身老大，即无年少逐春心。凭君先到江头看，柳色如今深未深。”还是邀请朋友去看柳色的意思。

《夜月》一首写得真好。“半人家”，用得多有意境。“北斗阑干南斗斜”，用看似很随意的句子，营造一种恬静自在的氛围。“偏知”二字，是自信，是欣喜。“新透”二字也体现了精准的感受，虫声是刚刚出现的，是慢慢地、渐进式的，可是又是那么明显的。“春气”“暖”“虫声”“绿窗纱”，一层一层地渲染，春天已然到来。

会跑来跑去的春天

边　词

◎唐·张敬忠

五原春色旧来迟，二月垂杨未挂丝。

即今河畔冰开日，正是长安花落时。

第一句：五原这个地方的春天来得很慢。

第二句：二月份的时候，柳树还没有长出长长的柳枝。

第三、四句：现在河边上的冰才开始融化，诗人想到这个时候的长安呀，花都已经开过了，开始落了。

大林寺桃花

◎唐·白居易

人间四月芳菲尽，山寺桃花始盛开。

长恨春归无觅处，不知转入此中来。

第一句：四月份的时候，花都已经开过了。

第二句：山中寺庙里的桃花才开始盛开。

第三句：诗人之前一直很不开心，因为春天回去了就再也找不到了。

第四句：不知道春天原来跑到山里来了呀。

这两首诗都是写时令风物的，也很好懂。

诗人戍守边境，见北地时节异于中原，所以写下这首诗。越往北方，春天来得越迟。“五原”即今内蒙古五原县，“旧来迟”，显得诗人早已知道了边地的苦寒，知道二月的时候杨柳还没长成。而如今边地春来冰消，他却想起正是长安花落的时候。诗中并未明言什么，边地之苦，或对长安的思念，都淡淡地隐含在诗句中。河畔冰开，长安花落，都很美，即使守边，也并不消极，这是初唐的诗歌。

此诗善用副词，“旧”“未”“即今”“正是”，领起全诗，显得气脉通畅流动。前二句散起，末联近乎流水对，此首诗对仗工整，声韵昂扬，顾盼自如，值得细细领会。

时节之异，不仅在南北，也在平原高山。山中清寒，春天总是会来得更迟一些。四月花落，而山中桃花正是烂漫之时。末联写春如写人，本来惆怅春归无处寻，来到山中才知道，春天转入此中。“不知”正是“知”，是意外的知，是欣喜的知。

山径春行图

宋·马远

吹开眉头的春风

雪　干

◎宋 · 王安石

雪干云净见遥岑，南陌芳菲复可寻。
换得千颦为一笑，春风吹柳万黄金。

第一句：雪化了，云也变得很明净，视野开阔了，看得到很远很远处的山。

第二句：南边的田野里大概又开花了吧？诗人觉得可以去看一看了。他找到了什么呢？

第三、四句：冬天的时候柳树叶子都掉光了，光秃秃的，看上去好像皱着眉头很不开心的样子。这时候诗人看到春天来了，春风一吹呀，柳树就开始发嫩嫩的、黄黄的芽，一树一树的都是这样，像很多很多黄金的叶子在春风里摇呀摇的。

本来有点生气的柳树，就全都笑起来了。

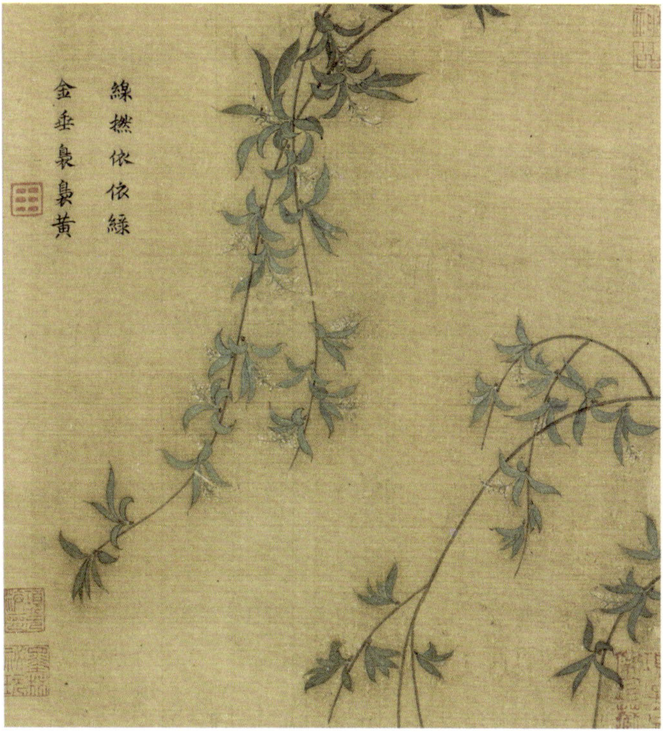

垂杨飞絮图
宋·佚名

南　浦

◎宋 · 王安石

南浦东冈二月时，物华撩我有新诗。

含风鸭绿粼粼起，弄日鹅黄袅袅垂。

第一句：南浦和东冈是南京的地名，那时候诗人在南京，是二月份的时候。

第二句：二月已经是春天了，春天的景色是很好看，很可爱的。诗人觉得这些可爱的东西在逗他，逗他写一首新的诗。

第三、四句：于是他就写了下面的两句：含风鸭绿粼粼起，弄日鹅黄袅袅垂。他说呀，含着微风，带着好像鸭子一样的绿色，波光闪闪的是什么呢？是湖水。好像逗着阳光，鹅黄色的，在风里轻轻摆动着的是什么呢？是刚刚发芽的柳树。

这两首，都是王安石晚年居住在南京所写的诗。王安石晚年写了很多绝句，历来评价很高，说它们接近唐人的风致，然而也有着新的面貌：新奇、工巧。

这两首七绝，前面两句看上去都比较寻常，平铺直叙的样子，没什么奇特之处。诗的妙处在后面两句。

以“千鞶”喻寒冬里未得舒展的柳树，可谓新奇，又用“一笑”来比喻春风吹醒垂柳，这一吹就是“万黄金”了。将喻象放在前面讲，令读者心中充满好奇，末句才将“寻得”的春事托出来，诗句显得更加的挺拔劲健，读者仿佛也跟着诗人感受到造化神奇的春天。这两句写春柳，与贺知章的“二月春风似剪刀”真是各有千秋。

至于《南浦》一首，前两句嫌其写得过于敷衍了，好像就是为了把舞台都让给末联这副美丽的对子吧。王安石的对仗很是精工，据说晚年写诗很是用力于此，看这一联就知道了。字字对得极为工整，连鸭鹅也对上了，却全不觉生硬，只让人觉得是天然的好句，是生动的初春的景象，非常美。如此妙句，看起来非常妥帖，非常美，似乎它就必须是这样子，生来就这样子。然而这是诗人的高超，诗人的功劳。王安石有两句诗，是评价唐代的诗人张籍的："看似寻常却奇崛，成如容易却艰辛。"也是一副对仗，不妨看成是诗人的自道。越是天然好句，也许背后越是经历一番艰辛才出得来的。

水图·洞庭风细

宋·马远

夏天的午后

齐安郡后池

◎唐 · 杜牧

菱透浮萍绿锦池，夏莺千啭弄蔷薇。
尽日无人看微雨，鸳鸯相对浴红衣。

这是一首夏天池塘边的诗。

第一句：池子里漂满了绿色的浮萍，浮萍底下的菱角已经露出来了，池塘仿佛一片绿色的织锦。

第二句：黄莺鸟在蔷薇花上唱着歌，好像在逗着蔷薇玩。

第三句：下起了小雨，非常小非常小，可是一整天都

荷花鸳鸯图

清·陈洪绶

没有人来，也没有人看到这么漂亮的景色。

第四句：诗人觉得有点寂寞，因为没人陪着他。只有一对鸳鸯在池中嬉戏，洗着它们身上红色的羽毛。

闲居初夏午睡起二绝句（其一）

◎宋·杨万里

梅子留酸软齿牙，芭蕉分绿与[1]窗纱。
日长睡起无情思，闲看儿童捉柳花。

① 或作上。

这是一首夏天午睡后起来的诗。

第一句：诗人刚刚吃了梅子，梅子酸酸的，味道还留在嘴里，酸得牙齿呀，好像变软了一样。

闲看儿童捉柳花图

明·周臣

第二句：窗外的芭蕉长得很绿很绿了，映到窗纱上，好像分了一些绿色给窗纱了。

第三句：夏天的白天变得很长，诗人午睡起来了，天色还是很亮，他觉得很无聊，不知道干什么。

第四句：于是他就很无聊地看着外面的小孩子在捉柳花。初夏的时候，柳树的花落了，被风一吹到处飞。柳花是毛茸茸的，弯弯的一条，好像毛毛虫一样的。

这是两首很夏天的诗，都很闲淡安逸。夏天的池塘里，有菱角、有浮萍，边上有黄莺鸟，有蔷薇花，有鸳鸯在嬉戏。午睡起来，有新鲜的梅子，有浓绿的芭蕉，和追赶柳花的儿童。

宋人的写景与唐人不一样，唐人是直接将眼前的景写出来给你看，宋人不是。因为他们知道前人已经呈现得很好了，再这样写，就没有意思了。所以，他们换了一种写法。更加注重意思的提炼、字句的斟酌。唐人的写景，就像直接摘下来的新鲜的水果，很美味很好吃，宋人呢，还要再加工一番，盐渍或者加些调味料，也别具风味。

“留酸”的“留”字，增加了些许时间感，软牙齿又是一种切乎身体的体验。不说芭蕉绿透，而说分绿到纱窗，又增加了空间感，且意思上扭转了一层。这些写法，是新奇而新鲜的，仿佛让人喝下了一杯柠檬冰水。

唐人韵味真是妙不可言，杜牧的“尽日无人看微雨，鸳鸯相对浴红衣”真是好。“无人”其实是有人，只有诗人一个人；鸳鸯相对，却是一双。两相对比，是怎样委曲的情怀呢？什么话都没说，但似乎又什么话都说不完。这两句的意思略近于“落花人独立，微雨燕双飞”，委婉悱恻，却是宋词的情味了。

这一句也被宋人化入词中，宋无名氏《九张机》中有一曲：“四张机，鸳鸯织就欲双飞。可怜未老先白头，春波碧草，晓寒深处，相对浴红衣。”就是来源于此了。

怎样熬过炎热的盛夏？

暑中闲咏

◎宋 · 苏舜钦

嘉果浮沉酒半醺，床头书册乱纷纷。
北轩凉吹[1]开疏竹，卧看青天行白云。

① 凉吹，凉风意。此处“吹”读去声即第四声。

古时候没有空调没有风扇，夏天很热的时候，诗人在干什么呢？

第一句：诗人泡着果酒喝，喝得有点醉醺醺的，果子在酒里沉沉浮浮，很好玩的样子。

第二句：床头放着很多书，诗人经常这里翻翻、那里翻翻，所以书堆得很乱。（当时的“床”是一种坐具，有别于现在用来睡觉的“床”。）

第三句：北边的窗户有凉风吹来了，带着窗外竹子的凉意。

第四句：实在太热了，诗人什么事都不想干。于是他躺下来，看着白云在天上慢慢地走。

凉凉的果酒、随意乱堆的书册、有竹子的窗，躺下来吹着凉风，什么都不干，真是一个惬意的夏天。

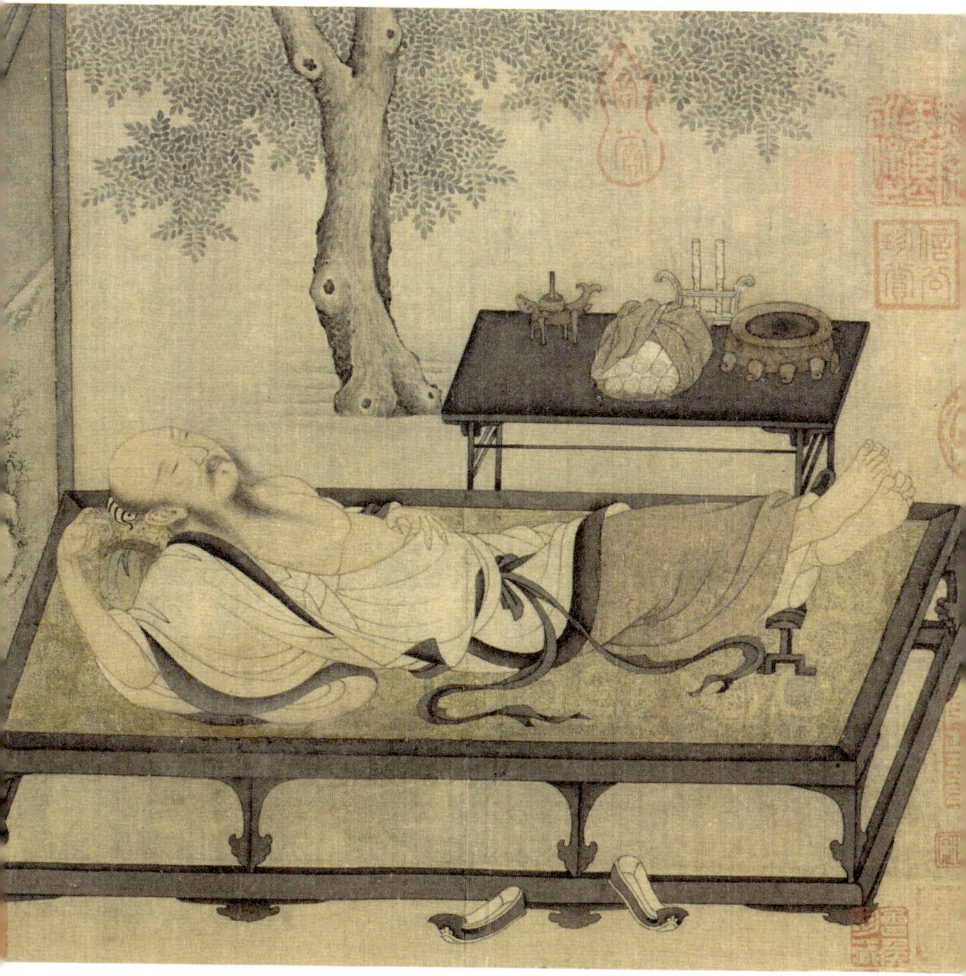

槐荫消夏图

宋·佚名

鄂州南楼书事

◎宋·黄庭坚

四顾山光接水光，凭栏十里芰荷香。

清风明月无人管，并作南楼一味凉。

第一句：诗人在南楼上，四周环绕着山水。

第二句：栏杆边上有十里的荷花，闻得到香气。

第三、四句：清风和明月没人管着，它们一起过来了，给南楼带来了凉意。

相比唐人，宋人笔下的夏天似乎要出现得更多一些，也更有意思了，他们很享受这样的夏日。这首诗有三个数字，四顾、十里、一味，不管是多少，都化成了消暑的凉意了。清风明月本就是自由的，不受约束的，经诗人道出，就有了拟人化的效果。连清风明月都为诗人送来了清凉，怎不令人畅快呢?

雨后的夏天

新　晴

◎宋 · 刘攽（bān）

青苔满地初晴后，绿树无人昼梦馀。
唯有南风旧相识，偷开门户又翻书。

第一句：刚刚下过一场大雨，地上的青苔好像又长了些。

第二句：庭院里的树显得很绿，周围很安静没什么人，诗人刚刚睡了午觉起来，好像还有点不清醒。“昼梦馀”的馀字用得很妙，好像梦还残留着。

第三句：刚刚说没有人呢，可是诗人又感觉到有人来的样子。原来呀，是南风来了，南风就好像诗人的老朋友一样。

第四句：它偷偷开了门，又悄悄地翻开了诗人放在桌子上的书。真是一个顽皮的朋友呢。

雨后池上

◎宋·刘攽

一雨池塘水面平，淡磨明镜照檐楹。
东风忽起垂杨舞，更作荷心万点声。

第一句：刚刚下了一场雨，池塘的水面显得很明净呀。就像一面磨好的镜子一样，映照出屋檐和梁柱。

第三句：忽然东风吹来了，吹得垂垂的杨柳枝好像飞

青园图卷（局部）

明·沈周

舞了起来。

第四句：柳枝上带着的雨水呀，就全部落到了池塘里的荷叶上，滴滴嗒嗒地非常好听。

刘攽是北宋的史学家，以博学强记知名，钱锺书曾说他可能是北宋最博学的人了。作为诗人的刘攽并不是太知名，但是这两首诗却挺常见，许多选本都会有。诗人撷取了夏日里两个小小的场景，动态地呈现了出来，充满了童趣和兴味。

史载刘攽喜戏谑，宋人笔记中多有关于他的逸事。这两首诗透露出的幽默，大抵也可以想见诗人的为人。

梅雨时节的微醺

初夏游张园

◎宋·戴复古

乳鸭池塘水浅深，熟梅天气半晴阴。
东园载酒西园醉，摘尽枇杷一树金。

梅雨时节是每年六七月份，江南一带阴雨不绝的时候。这个时候刚好梅子成熟了，所以又叫梅雨。

第一句：池塘里，有出生不久的小鸭子在游泳，池水有的地方深，有的地方浅。

第二句：梅子成熟的天气里，有时候是晴天，有时候又是阴天。

第三句：诗人带着酒到处逛，走到东园，喝一喝酒，走到西园就醉了。

第四句：这个时候枇杷也成熟了，树上好像都是金色的。诗人就去摘枇杷，摘了很多很多。喝醉了酒还能摘枇杷，大概诗人也不怎么醉吧。

约　客

◎宋 · 赵师秀

黄梅时节家家雨，青草池塘处处蛙。
有约不来过夜半，闲敲棋子落灯花。

在梅雨季节里诗人约了朋友来下棋，朋友却没有来。

第一、二句：黄梅时节家家都在下雨，青草边上的池塘到处都是青蛙。诗人真的看到青蛙吗？没有，他只是听到了蛙的叫声，呱呱呱的，到处都是。一下雨青蛙都出来了，非常开心。

第三句：诗人约了朋友来下棋，诗人一直等到半夜，朋友却没有来。

第四句：那怎么办呢？诗人有点着急，但是也不知道怎么办。只有拿着棋子敲桌子，把油灯里的灯花震落下来。

你等待朋友的时候，很着急的时候，会做些什么呢？

这是两首初夏时候的诗，都写得很可爱。赵师秀和戴复古，都是南宋末期的诗人。

“乳鸭池塘水浅深，熟梅天气半晴阴”，不算工整，然而对得很有意思，“乳鸭池塘”对“熟梅天气”，“水浅深”对“半晴阴”。末联充满了一种微醺的气息，自在的、陶醉的、自得的，仿佛可以看到诗人摇摇晃晃沉浸在枇杷果子的金色中。“摘尽”的“尽”字用得真好，不是

枇杷山鸟图

宋·林椿

“摘落”，或者“摘满”，契合了上一句的“醉”字，是完完全全地沉浸在里面的。人生有这样的一刻，真是好。说不出的好，总之是很好很好的。

至于《约客》，这首倒很常见，是一种闲淡的、隽永的味道。写梅雨时节的天气，极为经典。大约这个雨，也阻隔了朋友的到来，故而有末联，通过一个小小的细节，反映当下的心绪。明明已经等急了，却用了“闲”字。在这样的天气这样的夏夜，大约是急也急不起来的了。

重阳节的思念

故人重九日求橘书中戏赠

◎唐 · 韦应物

怜君卧病思新橘，试摘犹酸亦未黄。
书后欲题三百颗，洞庭须待满林霜。

这是一首写给朋友的诗。朋友生病了想吃橘子，但最后并没有吃到。

第一句：诗人的朋友生病了，跟他讨橘子吃。你生病了想吃什么呢?

第二句：生病是件很可怜的事，诗人很想满足朋友。所以他自己先去摘个橘子来试试，好不好吃。结果发现还很酸，橘子也不够黄。

第三句：本来想送给你三百颗橘子的，现在发现不行了。（此处用典，王羲之有个很著名的帖子，名“奉橘

橘绿图

宋·马麟

帖”。这句话有点调侃的意思：我也想像王羲之那样，送你很多橘子，再给你写个奉橘帖。）

第四句：要等一等，等到什么时候呢？等到秋深了，冬天快来的时候，地上结了很冷很冷的霜，冻一冻，橘子才会变得甜起来。

所以很多事情都需要等待，生病痊愈也是，吃橘子也是。

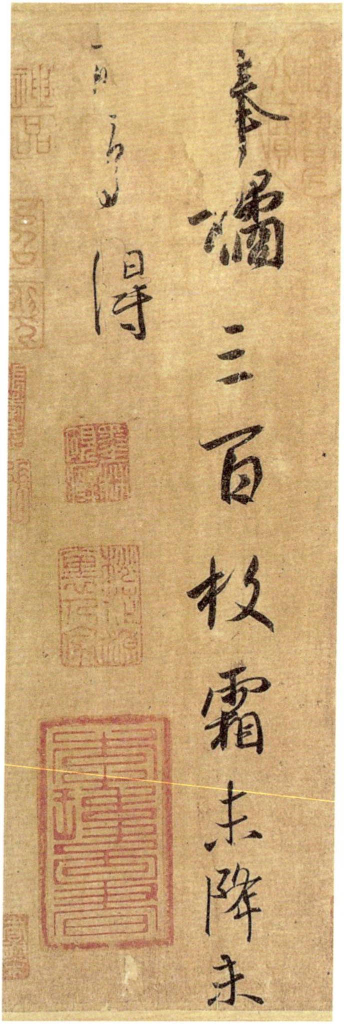

奉橘帖

晋·王羲之

九月九日忆山东兄弟

◎唐 · 王维

独在异乡为异客，每逢佳节倍思亲。

遥知兄弟登高处，遍插茱萸少一人。

重阳节是农历九月初九，正是秋天，天气很好，很清爽，不冷不热，所以这个日子大家喜欢去爬山。

这是一首想念家人的诗。

第一句：诗人自己一个人在外地，没有亲人。

第二句：所以每到过节的时候，他就特别想家。因为没有人陪他一起过节，一起吃好吃的东西，做一些好玩的事情。

第三、四句：他想到家里的哥哥弟弟，都去爬山了。他们还去摘一种叫茱萸的草，这种草很香很香，佩戴在身上，可以把一些坏运气都驱赶掉。他们在分茱萸的时候，数一数，呀，少了一个人唉，也觉得很伤心。诗人想到这个，就更伤心了。

捕鱼的那些事儿

江村即事

◎唐·司空曙（shǔ）

罢钓归来不系船，江村月落正堪眠。
纵然一夜风吹去，只在芦花浅水边。

这是一首关于渔夫的诗。“江村即事”，就是诗人在江边的小村看到的场景。

第一句：渔人钓鱼一天回来，他把船停在岸边，但是却没有将船缆系到岸上。不系船会怎样呢？船就可能漂走，因为江水是一直在流动的。

第二句：为什么他不系呢？大概因为实在太困了，月

渔父图轴

元·吴镇

亮落下去了，正是睡觉的好时候呢。

第三、四句：即使夜里有风来吹，渔人也不担心小船会被吹远。因为江边有很多芦苇，会把小船绊住，就让它停在浅水边的芦花丛中吧。芦花是秋天开的，这是一首秋天的诗。

渔人就这样一直睡呀睡呀，睡到第二天早上。

兰溪棹歌

◎唐·戴叔伦

凉月如眉挂柳湾，越中山色镜中看。
兰溪三日桃花雨，半夜鲤鱼来上滩。

这是一首在溪水中渔船上唱的歌，这条溪水叫兰溪，兰花的“兰”，非常美的名字。

第一句：溪水中映出了柳树，也映出了柳树梢头弯弯细细、好像眉毛一样的月亮。因为映在水里，月亮看起来好像凉凉的。

第二句：吴越一带的山色很美，在水中就可以看到了，因为水面就像镜子一样，是清澈又平静的。（第二句是对第一句的补充和解释。）

第三、四句：这条兰溪要是下三天的桃花雨，鲤鱼就要游上岸来啦。因为一直下雨，溪水就会涨高。夜里的时候，鲤鱼有时候还会不小心跳到岸边来呢，因为溪水实在是太满太满了。桃花雨就是桃花开的时候下的雨。桃花开是什么季节呢？是春天。

有这么多鱼自己上岸来，捕鱼的人是不是很开心？

这两首都是写江边渔事的小诗，司空曙与戴叔伦也大约是同一时代的人。司空曙是大历十才子之一，诗风婉雅闲淡，五言写得很好。戴叔伦名气稍弱，然而他的诗我也

柳溪泛舟图

宋·佚名

很喜欢，七绝写得尤好，寄兴悠远，自然清丽。

写渔人不写捕鱼，却将眼光放在渔人不系舟的小细节上。中国古代的诗人总是对渔人生活寄予了极大美好的想象，渔人的闲散、小船的自由漂动，都包含着文人对自由自在的生活状态或心境的向往。“纵然”“只在”，是个假说，放出去却又收回来了。尚未发生的事情，诗人为他假想了“最糟糕”的情况，可是这个糟糕却是如此美好，真是以退为进。

戴叔伦的诗更美，第一句就是月色、柳树和溪水相映的美景，如果没有第二句，第一句的凉月、柳湾都没有了着落。有了一个“镜”字，一切才都宛然。如果说前两句是当下的景色，那么后两句似乎是个假说，仿佛谚语般，是渔人的美好期盼。假如下三天的桃花雨，鲤鱼将会非常地欢快，联翩而来。桃花雨的意象极为秾丽，鲤鱼上滩，更充满着生命的跃动。四句诗，一静一动。读此诗，仿佛泛舟于春溪之上，逐水而行，乐而忘返。

这两首诗，诗人好像只是个旁观者，却给我们带来了身临其境的体验。

秋光动人，心事联翩

山　行

◎唐 · 杜牧

远上寒山石径斜，白云生处有人家。
停车坐爱枫林晚，霜叶红于二月花。

这是一首秋天爬山的诗。

第一句：诗人爬了很远的路去到山上，山路斜斜的，此处斜读xiá（押韵）。因为是深秋了，很多植物都枯萎了，山里看上去很清冷，所以叫寒山。

第二句：山顶笼罩着云雾，云雾里有房子，有人住在山上。云看上去好像是从山里面生发出来的一样。

白云红树图（局部）

明·蓝瑛

第三句：诗人本来是坐着马车的，这个时候他停下来了，因为他看到一片枫树林。

第四句：枫树的叶子在秋天变得很红很红，比二月的花还要红，还要好看。所以诗人要停下来，好好地欣赏，他实在是太喜欢红叶了。霜叶就是经过霜打的叶子，是深秋的叶子。

秋　夕

◎唐·杜牧

红①烛秋光冷画屏，轻罗小扇扑流萤。
天阶夜色凉如水，坐②看牵牛织女星。

①或作银。“红烛”给人的感觉是暖的，“银烛”是幽暗的，似乎更符合“冷画屏”的情境。

② 或作卧。

这是一首初秋夜晚的诗。

第一句：夜里点起了蜡烛，烛火很微弱地发光，映在屋里的画屏上，显得有点清冷。

第二句：有个女孩子，拿着一把用薄薄的丝罗做的扇子，去追赶飞来飞去的萤火虫。天气还没有真正凉起来，夏天的扇子还没有收起来呢。

第三句：初秋的夜晚呀，清清凉凉的，就像沉浸在清澈的水里一样。

第四句：女孩子扑累了，就坐在台阶上，看着天上的牵牛织女星。传说牵牛和织女是一对夫妻，他们被分隔在银河的两岸，每年只有农历七月七日的时候才能见一面。是一个很悲伤的故事。

唐代七绝写得绝好的诗人屈指可数，杜牧是其中之一。前人评他的诗“情致豪迈，风调高华”，这两首秋天的诗，一首豪迈，一首温婉，思寄言外，都是绝句中的名篇。有些诗有时候太熟悉太常见，反而会觉得理所当然。杜甫的“两个黄鹂鸣翠柳”就是其例，这实在是一首很伟大的诗。《山行》这首诗也是，非常漂亮高逸。你看“寒山”“石”“白云”都是很清冷的字眼，写足了秋山清寒之境。结尾两句却突然一片红火，两相对比，令人感受强烈。但是这个红，却是霜红，是清冽的红，不是温暖艳丽的红，充满了秋季之美，却并不悲伤。寒山、白云、人家并不能让诗人停下脚步，只有霜叶，让诗人“停车坐爱”。坐在车上，触目的当下，恍然才知道让自己心动的只有这个红叶。“坐”字用得很别致，是当下的触发，也是远远地欣赏。“霜叶红于二月花”这一名句，道出人们心中普遍的感受，故而传诵千古。

《秋夕》一诗，实在也平淡得很好。初秋的光景、女子的聊赖、人世的离合、个人的心事，都藏在其中了，不说破，是完完整整的一幅画。

七绝中，第三句尤为关键。承上启下，蓄势待发，诗意在此停顿了一下，好像卯足了劲，节奏一下子和缓了下来，而末句一接，也就水到渠成，“停车坐爱枫林晚”是如此，“天阶夜色凉如水”也是如此。

伟大的诗和普通的诗

终南望馀雪

◎唐 · 祖咏

题注：有司试此题，咏赋四句即纳，或诘之，曰意尽。

终南阴岭秀，积雪浮云端。
林表明霁色，城中增暮寒。

这是一首写山上积雪的诗。

长安城外有一座山，叫终南山。诗人在城里面看到山上有积雪。

第一句：终南山的北边很好看。（山阴为北。）

第二句：为什么好看呢？因为有积雪浮在云端。积雪浮在云上，那是不是山比云还要高？

第三句：山上的树林表面因为覆盖着白雪，被阳光照着，看上去好像很明亮的样子。霁色就是雨雪过后晴朗的天色。

第四句：快到晚上了，城里面又变得更冷一些。因为积雪融化是会带来降温的，太阳下山了，气温就更低了。

江　雪

◎唐 · 柳宗元

千山鸟飞绝，万径人踪灭。
孤舟蓑笠翁，独钓寒江雪。

这也是一首写雪的诗，不过写的是江上的雪。

第一、二句：因为下雪，很冷很冷。山里的鸟都飞走了，路上也一个人都没有。千山，就是一千座山，万径，就是一万条路。都是形容很多很多。诗人是在一个很高的地方看到的呢。

第三句：可是就算是这样子，在下雪的江面上，却有一个穿着蓑笠的老爷爷在钓鱼。蓑笠就是古时候的雨衣和帽子，是用草做成的，可以防水。诗人为什么说他是钓雪呢？大概因为天气实在太冷太冷了，天地间只有雪，连鱼也要变成雪了吧。

雪是一种很美好的事物，万物因有雪的覆盖，仿佛剔除了一切杂质，显得无比纯净。

终南山残雪一首，极为写实。这是一首应试诗，诗人去考试，考官出了“终南望馀雪”这样的题目，本来应该写成一首五言的排律，结果诗人只写了四句就交卷了。别人问他怎么写这么少，他说，因为意思已经讲完了。细细看来，诗里每一个字都紧扣着主题，环环相扣，一字不可

雪山图

元·曹知白

易。首联直写所咏的对象，终南、阴岭，以及“秀”字，为什么“秀”？因为有积雪浮在云端。这五个字看着似乎很简单，其实很不易得。“浮”字和“云”字都很重要。原本应该是“积雪覆山端”的，但是在山的中间还飘着云，可见山的高峻。远远望着，山顶的残雪就似乎浮在云层之上。至于末联，则从侧面着笔，林表有亮色，城中有寒意，都是因为这些残雪的缘故。这是晴天看到的残雪，“下雪不冷化雪冷”，也都反映在诗里了。这是一首很细致的诗。

第二首写江雪，却是大手笔，前两句用夸张的手法，写天地间一片白茫茫的场景，毫无生气。而后镜头就不断缩小，聚焦在江面上的一叶孤舟，老翁不畏严寒，独钓寒江，这江面、这一片白茫茫，似乎都为老翁所有。极其的孤寂、极其的清冷，这首诗，写的是一种心境，一种境界，融入了诗人丰富的情感。而祖咏的诗，大概因为是应试，只以描绘取胜，并无深刻的情感。伟大的诗和普通的诗的分别，也就在此了。

天冷的时候，真希望下一场雪啊

夜　雪

◎唐 · 白居易

已讶衾枕冷，复见窗户明。
夜深知雪重，时闻折竹声。

晚上睡觉的时候，怎么知道外面已经下雪了呢？

第一句：夜里睡着睡着，突然觉得被子和枕头都很冷很冷。

第二句：（睁开眼睛看看）发现窗户也变得明亮起来。为什么深夜里的窗户会看起来明亮呢？雪是白色的，是晶体，会反光，像镜子一样的，所以映得窗户好像变亮了。

第三句：夜深了，诗人知道雪已经下得很大很大，积得又厚又重。他有没有爬起来看呢？

第四句：他没有爬起来，因为实在太冷了。可为什么他又知道呢？因为他在被窝里听到了竹子被压断的声音。竹子很挺拔，很坚硬吧，能把竹子的枝干压断，那雪该有多厚呢？

诗人是不是像侦探一样？

问刘十九

◎唐 · 白居易

绿蚁新醅酒，红泥小火垆。
晚来天欲雪，能饮一杯无。

很冷很冷的天气里，诗人写了一首小诗，邀请朋友来喝酒。这个朋友姓刘，在家族里排行十九，所以叫刘十九。

第一句：诗人开了新酿的酒，酒面上有些酒渣，很细很细的像绿色的蚂蚁。

第二句：诗人还烧了个小火炉，火炉是用红泥砌成的，炉中的火也是红色的。小火炉准备拿来温酒。

第三、四句：天色已经很晚了，越来越冷，好像就要下雪的样子。你能不能也来和我一起喝一杯？

白居易的这首小诗，真是一幅绝妙小品：绿的酒，红

雪堂客话图

宋·夏圭

的火，向晚的天色，即将落下的雪，恳切的心，和不知道来不来的友人。

末句“能饮一杯无”直用口语，亲切动人，带着深深的期盼，“无”字尤其传神，千载之后也如闻声口。今人郭笃士先生有一集联，以“寒梅着花未”对“能饮一杯无”，虽词性未全对仗，而末字以语气词“未”对“无”，语意高妙，聊附于此。

到底什么季节才最好？

和孔密州五绝（其三）东栏梨花

◎宋 · 苏轼

梨花淡白柳深青，柳絮飞时花满城。
惆怅东栏一株雪，人生看得几清明。

诗人有位朋友姓孔，又在密州当官，他写了五首绝句给苏轼，苏轼就照着孔诗的韵，也写了五首。这叫“和”，用了同一个韵部的字。

第一句：梨花是淡白色的，柳树已经长成深深的绿色了。

第二句：柳絮飞起来的时候，梨花也开满了城市。柳絮是柳树结的种子，像蒲公英一样，种子上带着小翅膀，可以到处飞。所以叫“絮”。

第三、四句：诗人住的地方，庭院东边的栏杆有一株梨花树，树上都是白色的花，看上去就好像雪一样。所以

东栏梨花（局部）
元·钱选

叫“一株雪”。花很美，可是诗人看了却很惆怅。惆怅就是心里有点不开心，好像东西不见了那样。花很美，为什么他又不开心呢？因为诗人觉得呀，这样清澈明净的时刻，人的一生可以有几次呢？

所以，有花的时候，一定要好好地看。

赠刘景文

◎宋 · 苏轼

荷尽已无擎雨盖，菊残犹有傲霜枝。
一年好景君须记，最是橙黄橘绿时。

这是一首在初冬的时候送给朋友的诗。

第一句：荷花开尽了，荷叶都枯萎了，所以连遮雨的盖子都没有了。“擎雨盖”指的是荷叶。

第二句：菊花也快要谢了，不过菊花的枝干还是很挺拔的。天冷的时候有霜，霜是水凝结的一种小冰晶，会冻坏植物的。“傲霜”，就是说这种植物是不怕寒霜的，没有被冻坏。

第三句：诗人告诉朋友，一年中最好的时候，你要记得呀。

第四句：是什么时候呢？就是现在这个时候了，虽然没有漂亮的花可以看，可是，橙子黄了，橘子也绿了，也是很好的。

这两首都是苏轼写给朋友的诗，其中写了很多植物，似乎把各种美丽的花果都送给朋友了。

是的，这两首诗的特点，就是用了好几种植物的名称：梨花、柳、柳絮、荷、菊、橙、橘，可是读起来却一点都不觉得杂乱。“东栏梨花”一首的前三句都在写柳树和梨花，最后一句突然问了一句“人生看得几清明”，仿佛顿悟一般。这是对人生短暂无常的感叹，也是对当下深深的眷恋和赞美。

至于第二首，诗人说冬天是一年最好的时节，真是这样吗？难道他一点都不喜欢“梨花淡白柳深青”的春天吗？自然不是的。

《赠刘景文》一诗，实在别有深意。吴小如先生有一篇文章《析苏轼〈赠刘景文〉》分析得很详细：刘景文是北宋名将刘平的小儿子，以世家子弟潦倒终生，苏轼伤其愁苦，又希望他振作，所以才给他写了一首这样特别的诗。从花写到叶，又从叶写到枝，再从枝写到果。前两句的对仗，不要轻轻看过：傲霜枝比之擎雨盖，从单纯的遮挡之物，化为内在的风骨之姿。即使是冬天，也有缤纷的色彩，勉励刘景文不要颓唐。苏轼的这首诗，真的是将萧瑟的初冬写出了温暖的味道，橙黄橘绿，多美呀。所以有时候说，真正的诗是关乎性灵的，没有伟大的人格，是写不出这样动人的、仿佛暖阳一般的作品的。非常美，非常不简单。对于苏轼而言，无论在政治上一贬再贬，去到遥远的海南儋州，也总是能旷达乐世。

“九死南荒吾不恨，兹游奇绝冠平生”（苏轼《六月二十日夜渡海》），这是苏轼被贬海南儋州时，忽逢大赦，夜渡海峡时所写的诗。海南儋州在北宋时期，是多么偏远的地方。春天很美，冬天很美。对于无所畏惧并且热爱这一切的人，什么时候，都是最好的时候。

花鸟和路上的风景

勤快的燕子和懒洋洋的鸳鸯

绝句二首

◎唐 · 杜甫

其一

迟日江山丽，春风花草香。
泥融飞燕子，沙暖睡鸳鸯。

这是一首春天的诗。

第一句：春天的时候，白天变长了，阳光很温暖，所以说“迟日”，照得大地一切都很漂亮，很明丽。

第二句：春风吹过花草，把香气带到很远很远的地方去。你喜欢闻香香吗?

第三句：冬天的时候很冷，泥土都冻住了，像冰块一样。春天天气暖了，泥土就融化了，变得松软。燕子就去衔这些松软的泥土去盖房子，要来来回回地跑很多趟，它们是非常勤快的。

第四句：江边的沙子被太阳晒得暖暖的，鸳鸯都不想下水了，就躺在沙上面睡觉，很舒服的。鸳鸯是一种水鸟，有漂亮的羽毛，经常是成双成对出现的，喜欢在水上游。鸳鸯长得像漂亮的鸭子，但是它们不仅会游水，也会飞翔。

其二

江碧鸟逾白，山青花欲燃。
今春看又过，何日是归年。

第一句：春天来了。诗人看到江水都变绿了，有白色的鸟在江面上飞。绿的水，显得鸟的颜色更加雪白了。

第二句：山也变绿了，而且山上开了很多花，很红很红，看上去好像要着火的样子。

第三、四句：春天是很好看的，诗人写诗的时候离家很远，又是新的一年了，诗人还不知道什么时候可以回到家乡去呢。

柳燕图

元·盛昌年

家门口的景色最美

绝　句

◎唐 · 杜甫

两个黄鹂鸣翠柳，一行白鹭上青天。
窗含西岭千秋雪，门泊东吴万里船。

这是一首描写家附近景色的诗。

第一句：两只黄鹂鸟在柳树上唱歌。

第二句：好多只白鹭排着队，排成一行，正飞到青天上去。

第三句：推开窗，可以看到一座叫西岭的大雪山，上面的积雪千百年来一直都没有化（时间的维度）。

第四句：门口有个码头，那里停着从东吴开来的船，开了好几万里，所以它要在码头这里休息一下（空间的维度）。

住在这样的地方，是不是很好?

这首诗很神奇，明明用的是很简单的字眼，两个、一行、翠柳、青天、西、东、千秋、万里，小孩子都会。可是到了杜甫手里，不仅对仗工整，还对得浑然天成，画面感十足又空阔无边。

用这样整饬的写法、简单的字眼去做绝句，大概也只有杜甫才能写得好吧，实在太难太难了。看似简单的句子，由近处的鸟，到远处的鸟，再去到千秋的雪，去到万里的船，境界推得如此阔大。杜甫这类写自然景色的小诗，真当得上“清新老成”四个字，清新易得，老成难求。

江畔独步寻花七绝句（其六）

◎唐 · 杜甫

黄四娘家花满蹊，千朵万朵压枝低。

留连戏蝶时时舞，自在娇莺恰恰①啼。

①恰恰：历来有几种解释，一说是状莺啼之声。但是莺啼婉转，与“恰恰”声不类。一说释为“恰好、刚好”，但是综合句意：蝴蝶时时在飞舞，恰好有娇莺叫了一两声。意思似乎不通。两种解释都不尽如人意。郭在贻在《古汉语词义札记》中释“恰恰”为密集、频繁之意，与上句“时时舞”正自相对，应为正解。

这是一首看花的诗。

第一、二句：黄四娘家的花开满了小路，一千朵一万朵，压得树枝都垂下来了。因为它们实在太重太重了。

第三句：蝴蝶看到这么多花，都不愿意走了，因为它们要采很多很多的花粉。它们飞来飞去地好像跳舞一样。

第四句：花里除了蝴蝶，还有黄莺鸟在唱歌，那是一种很小很小的鸟，因为很自由、很开心，它们不停地叫呀叫呀。

晴春蝶戏图

宋·李安忠

被遍地的花惹生气了，怎么办呢?

江畔独步寻花七绝句（其一）

◎唐 · 杜甫

江上被花恼不彻，无处告诉只颠狂。
走觅南邻爱酒伴，经旬出饮独空床。

看到美好的事物，诗人心里想：怎么办呢怎么办呢?非常不知所措的，不知道应该做些什么，才对得起此时的美景。我们有时候，也会这样子。

第一句：春天的时候，诗人独自一人在江边看花，看得很生气呀。为什么生气?因为这个花开得太漂亮了，漂亮得诗人都不知道怎么办才好。

第二句：诗人想找个人告诉他这个事情呀，可是没找到。他觉得自己都要颠狂起来了。

第三句：诗人想起南边的邻居，平时也经常一起喝酒的，他想去邻居家里坐坐。找他干什么呢？大概也是喝酒吧。

第四句：谁知道，去到他家里，发现他出去喝酒十来天都没有回来，剩下一个空空的床。哎呀，你说诗人到底该怎么办呢？

于是他只好写诗了。

江畔独步寻花七绝句（其五）

◎唐 · 杜甫

黄师塔前江水东，春光懒困倚微风。
桃花一簇开无主，可爱深红爱浅红。

第一、二句：在黄师塔的前面、江水的东岸，春光让诗人又懒又困的，他觉得整个人好像倚靠在春风里，温暖又舒服。所以他什么都不想做，想睡觉了。

第三句：诗人看到有一丛桃花开了，“无主”，不知道是谁让它开了，也不知道它是为谁开了。反正就是开了。

第四句：这一丛桃花有两种颜色，一种是深红，一种是浅红。诗人一下子觉得深红的可爱，一下子又觉得浅红的可爱，真是难以抉择呢。

杜甫《江畔独步寻花七绝句》一共七首，每一首都各有趣味，我都很喜欢。“被花恼不彻”是第一首，也就是因为被花所恼，所以才有下来的六首诗。诗题中“独步”二字，也充满了一往无前的趣味。

桃花

清·恽寿平

杜甫之所以为诗圣，他的诗相比之前或当时，多所创新，而下开宋诗，影响深远。杜诗爱用拗律，这第一首就很明显。前两句读起来，在音调上会有明显的不适感。“恼不彻”以三个仄声结尾，“无处告诉”又是平仄仄仄，“处”字此处本应为平声字。刻意不遵循律诗的平仄，多用仄声字，会造成一种拗怒的声情。与这两句所写的被花所恼的情感，是一致的。声韵上的拗，更是加深了这一种苦恼、愤懑的感觉。念给小朋友听，可以刻意加重这几个音，恐怕更能体会到平仄带来的趣味。

“黄师塔前”这首，也适合读给小朋友听，写得生动又充满天然之趣。第二句，是春光懒困还是诗人懒困呢？诗句中并没有写得很清楚，但给人以春风微醺的美感，极为生动。桃花可爱，浅红深红都令人着迷，真是美好的春光啊。

相思、红豆和梅花

相　思

◎唐 · 王维

红豆生南国，春来发几[①]枝。
愿君多采撷，此物最相思。

① 一作故。

杂诗三首（其二）

◎唐 · 王维

君自故乡来，应知故乡事。
来日绮窗前，寒梅着花未？

这两首诗都非常的通俗易懂，对于孩子而言，似乎也不需要再解释什么了。唯一难懂的一个词，是“相思”。嗯，就是想念一个人，很想很想。

另外，红豆是什么？是我们平时吃的红豆吗？

近来有部中国风的动画片，叫《相思》，是《中国唱诗班》系列动画之一。短片以王维的这首小诗作为线索，讲述了嘉定名士王初桐和发小六娘的爱情故事。我有一次找来看，当看到剧情中所谓的“红豆”竟然是一碗红豆粥时，几要喷饭。王维笔下寄寓相思的红豆，可不是煮红豆汤的赤小豆。

中山大学南校区有几株海红豆，即是古人所说的“红豆”中的一种，十年前在校时捡过一些。永芳堂后面有几棵很高大的，春天时草地上零零碎碎落了不少，色泽殷红，极为引人注目。此豆之红色，经年不减，我当时捡的红豆至今还在，颜色似乎略淡了一点，但依旧是澄艳如新，真可喻“相思”。

《唐人万首绝句》第三句作“愿君休采撷”，从诗意而言，似乎更为温柔敦厚，可谓以退为进。因为怕惹相

梅花

清·恽寿平

思，故殷勤叮嘱勿采此豆，免惹相思之苦，意思又更婉转了一层。

至于“君自故乡来”，写的是思乡之情。王维很善用这种口语化的表达入诗，而且往往另辟蹊径。想念一个地方，想念家乡，往往是想念一样食物，想念一种气味，想念一个场景，只有这些，才是真切的，可触摸可感知的。“你出门的那天，窗口的梅花开了吗？”似乎只是不着边际的“故乡事”，却恰恰是最容易触碰内心的。

唐人卢仝（tóng）有诗云：“相思一夜梅花发，忽到窗前疑是君”，明人高启梅花诗云：“不共人言唯独笑，忽疑君到正相思”，都从王维的这两句诗变化而来。

春日里去爬山

阙　题

◎唐 · 刘昚（shèn）虚

道由白云尽，春与青溪长。
时有落花至，远随流水香。
闲门向山路，深柳读书堂。
幽映每白日，清辉照衣裳。

这首诗的作者叫刘昚虚，唐开元年间人，在当时还是颇为知名的诗人的。《唐诗三百首》里面选了他这首诗。

诗很美，从文字上看，美得很对称，因为八句几乎都是对仗。

第一句：小路是在白云消失的地方开始的。诗人已经

柳堂读书图

宋·萧照

爬到很高的山上，到云里面了，可他还要继续往上爬。

第二句：春天跟山中的溪流一样绵长，诗人走着走着，到处都能感受到春天的气息。

第三、四句：溪水中有落花，熏得连水都带着香气，远远地流向山下。

第五句：终于走到山上的房子了，门口非常清净，正对着山路。

第六句：门内有高大繁茂的柳树，树下是主人读书的地方。

第七、八句：尽管是白天，树叶茂密，却有隐约细碎的阳光照着这里，也照在了（诗人的）衣服上。

这首诗没有诗题，缺失了，所以叫《阙题》。讲的是爬山访友的故事，友人并没有出现，然而诗人所描述的一切，已经说明了主人的身份和风采了。

起句劈空而来，一来就已经爬到了山上，在白云的尽头，下句却承接了一个绵长悠远的春天，实在是大开大阖。颔联近乎流水对，又回应了“青溪长”。这个山很高，因为已经在白云之上了，还可以再往前走。几乎无人迹的“闲门”里，有深密的柳树和充满读书声的大堂。幽映又从“深柳”二字而来，正因为书院中柳树又高又密，阳光不能全透进来，便是“幽映每白日”，而透过来的阳光则照在了衣服上。这个衣服，是诗人的衣服，抑或读书的主人的衣服，或许也已不重要了。

诗里生动地描绘了一个理想的居住环境和理想的生存状态。诗的本身很好懂，感觉任何的解释或者叙述，都是多余的。本身就是这样，就很好了。

高妙的比喻究竟要怎样?

望庐山瀑布(其二)

◎唐·李白

日照香炉生紫烟，遥看瀑布挂前川。
飞流直下三千尺，疑是银河落九天。

第一句：庐山上有座山，叫香炉峰，长得像香炉一样的。太阳照着，峰上好像升腾起紫色的云烟。

第二句：远远看到瀑布好像挂在山前的河流一样。

第三句：瀑布从很高的山上落下来，有三千尺那么高。

第四句：就好像银河从很高的天上倾泻下来一样。会不会掉下来很多的星星呢?

咏　柳

◎唐·贺知章

碧玉妆成一树高，万条垂下绿丝绦。
不知细叶谁裁出，二月春风似剪刀。

第一句：春天的柳树，好像是用碧绿的玉石装饰成的。

第二句：很多的柳枝垂下来，又像绿色的带子，一缕一缕的。

第三、四句：这些细细的叶子是谁做出来的？是二月的春风。它就像剪刀一样，一吹，柳树的叶子就一缕一缕地出来了。

这两首诗都很有名，它们的出彩，在于漂亮的比喻。之前所讲的诗，感人之处可能更多的在于情感，这两首不一样。

庐山高

明 · 沈周

李白的比喻是雄奇的，瀑布、水花，像银河从九天泻下，奇情壮彩。贺知章的比喻是新奇的，春风如剪刀裁出了新叶，巧妙新鲜。但是这两者也有相似点，它们比喻的出彩在于，这个比喻是动态的。瀑布像银河吗？不是，是像从很高的天空中泻下的银河；春风像剪刀吗？那很危险，不是，是春风像剪刀一样，把柳树的叶子裁得细细的。这是一个动态的过程，而不是结果，高妙的比喻正在于此。“女人像一朵花”是死的，李白说“一枝红艳露凝香”便是活的，是花是人莫辨。

《望庐山瀑布》诗中，“疑”字用得很妙，直下三千尺那样的快速，那样的扑面而来，心中突然惊疑了一下，瞬间的壮美和飞扬，令人心生银河直泻的想象，却只是“疑”，因为知道不是。这个小小的停顿，让诗意陡生。如果用“恰似银河落九天”，那这首诗就死了，了无余韵。

《咏柳》诗中，“裁”字用得很好，“裁”跟“剪”不一样。“裁”字是有心思、有想法在里面的，所以才会“细”，“剪”就只有一个动作。春风似剪刀，关键在“裁”，显得轻盈，显得温柔，显得优雅，因为在这“裁”的后面，“剪刀”的后面，肯定还有一个万物有灵的自然。

李白坐的两次“快船”

早发白帝城

◎唐 · 李白

朝辞白帝彩云间，千里江陵一日还。
两岸猿声啼不住，轻舟已过万重山。

这是一首白天坐快船的诗。

第一句：重庆市有个地方叫三峡，是一条很深很长的峡谷，两边的山很高，江水从山谷间流过，非常的快。诗人在早上的时候，从白帝城出发，太阳刚刚出来，早晨的云彩跟晚霞一样，是很漂亮的，绚烂的。他要跟云彩说拜拜了，“辞”，就是告别的意思。

第二句：江水很急，所以船开得特别快。他从四川去湖北，有几千里，一天就可以到了。

第三句：峡谷两边的山里有很多猿猴，它们总是在叫，“啼不住”，就像小孩子哭起来总是收不住一样，一直叫啊叫啊。

第四句：听着猿声的时候，小船已经穿过很多座的山了，时间好像一下就过去了。

峨眉山月歌

◎唐 · 李白

峨眉山月半轮秋，影入平羌江水流。
夜发清溪向三峡，思君不见下渝州。

这是一首晚上坐快船的诗。

第一句：诗人在船上看到高高的峨眉山，还有半轮明月，秋意已经渐渐浓了。（常理来讲，应该是半轮月，而不是半轮秋。易月为秋，这里有押韵的关系，但更是诗意的所在，所谓“无理而妙”。山月而有秋意，这个秋意又是“半”的，在到与未到之间，这就耐人寻味了。）

第二句：月亮倒映在江水上，江水又不停地往前流。那月亮到底是动还是不动呢？

第三、四句：诗人夜里坐船又出发，从清溪去三峡，他在船上想念着见不到的朋友。江水流得很快，他很快就到了渝州了。离朋友越来越远了，你说他是开心，还是不开心呢？

山水册

清·石涛

短短二十八个字里，李白标记了五个地名：峨眉、平羌、清溪、三峡、渝州，可见船行速度之快。不过这个“快”，是慢慢提速的：第一句是很安静的一个场景，第二句水动月不动，静中有动，第三句写出发，开始发力了，到了末句，在空渺的思念中，一下子又去到另一个地方，速度就一下子变得很快很快了。随船行一起提速的，还有诗人的情感。前三句是几乎不动声色的平静，末句突如其来地来了一句“思君不见”，情感一下子变得如江水一样的充沛，又飘逸又深情，这就是李白。

闲着的栀子花和醉着的渔翁

雨过山村

◎唐 · 王建

雨里鸡鸣一两家，竹溪村路板桥斜。
妇姑相唤浴蚕去，闲着中庭栀子花。

这是一首春天乡村的诗。

第一句：下着雨，寥落的一两户人家里，传来鸡叫的声音。嗯，是清晨了。

第二句：长满竹子的小溪旁，一座石板桥斜斜地从溪上穿过。

第三句：妇女们互相叫唤着一起去浴蚕。浴蚕是一种养育蚕宝宝的方法，将蚕卵经过人工特殊的洗浸，促进蚕宝宝的出生。

第四句：村子里每个人都很忙，女子也很忙，忙到顾不上欣赏庭院里开得正好的栀子花。所以，栀子花就自己很清闲地待着了。

醉　著（zhuó）

◎唐 · 韩偓（wò）

万里清江万里天，一村桑柘（zhè）一村烟。
渔翁醉著无人唤，过午醒来雪满船。

这是一首冬天渔村的诗。

第一句：万里长的清澈的江水，映着万里无垠的天空。

第二句：江边有连绵的村庄，村里种着桑树和柘树，临近中午，村子里升起了炊烟，有人家里开始做饭了。

第三句：渔翁喝醉了酒，没有人来叫醒他。

第四句：过了午后他自己醒来了，发现白雪已经落满了渔船。

这两首乡村生活的诗，一首很忙，一首很闲。写忙，是用很“闲”的笔墨去写的；写“闲”，却是用紧凑的、很忙的节奏去写的。

《雨过山村》，前两句写山村的景致：鸡鸣、散落在山上的人家，幽深的溪路。末句是神来之笔，不说无一人得闲，却转去说栀子花很闲，既突显了时节的风物，又侧面烘托了山村的忙碌，以花闲衬人忙，用意新颖。

《醉著》写一个喝醉酒的渔翁，醒来时发现雪已经落满了渔船。前两句铺垫得很紧凑，连用两个“万里”和“一村”，勾勒了广袤无垠的江天村景。后两句写自在地喝醉、自在地睡着、又自在地醒来的渔翁，是诗人对于脱离尘世的生活的向往。“雪满船”营造了清美的意境，又暗示着时间的流逝。

水村烟霭图

宋·佚名

船上的旅行

渡浙江问舟中人

◎唐 · 孟浩然[①]

① 一作崔国辅诗。

潮落江平未有风，扁舟共济与君同。
时时引领望天末，何处青山是越中。

第一句：潮水落下去了，没有风，江面很平静。

第二句：诗人在船上认识了新的朋友，他说我们一起在小船上，共同迎接潮涨与潮落。同在一条船上的人，其实是生死与共了。

第三句：诗人很想赶紧到家，可是江水两岸的山，都差不多是一样的，他认不出来。所以只好总是伸长着脖子看着远处的天，问这位同行的朋友，哪里的青山才是越中呀？到底什么时候才能到呀？越中，包括现在的绍兴以及杭州萧山等地。

宿建德江

◎唐 · 孟浩然

移舟泊烟渚，日暮客愁新。
野旷天低树，江清月近人。

诗人坐船出行，晚上小船停在一个叫建德江的地方。

第一句：傍晚的时候，江上会有淡淡的烟雾，诗人坐的小船，停到了有轻烟的岸边。

第二句：天色暗了，诗人想到了一些烦恼的事情，觉得很忧愁啊。

第三句：诗人坐在船上，江岸是很宽阔的田野，天显得很矮，好像要靠近田野上的树木一样。

第四句：江水很清澈，月亮映在江面上，看起来好像离诗人很近很近一样。

迫切的心，无论是走路、骑马、坐船，都是一样的。诗人用“引领”，形象地写出了自己着急的心情。“何处青山是越中”，将口语带入诗中，既侧面反映了船行两岸的风光，也写出了自己着急的心情。

至于《宿建德江》，乘船出行的人，是睡在小船上的。人相当于睡在江面上，很低，才越发能感受到田野的空旷，这种空旷凸显了树，也让天看起来更加低矮。清澈的江面，又拉近了月与人之间的距离。如果不是睡在船上，是不可能有这样的感受的。

设色山水册

清·石涛

这首诗还有一句非常精警："日暮客愁新"。太阳下山了，可是诗人的愁绪却渐渐升起来了。黄昏这种特殊的时刻，是易于勾起人的惆怅之情的。外界是已经结束的"旧"的一天，内心的忧虑却是才开始的"新"，这是非常具有冲击的对比。这个"愁"却也到此为止了，诗人并没有说出愁的是什么，只写了目前所见的景致：野旷衬得天低，江清使得月近，写景如画，对仗工整，又隐含着对物理深切的体会。虽然只是文字，古典诗词有时候却像艺术品一样，精美得无可替代。

夜晚的江边

漫成一绝

◎唐 · 杜甫

江月去人只数尺，风灯照夜欲三更。

沙头宿鹭联拳静，船尾跳鱼拨剌鸣（bō là）。

第一句：江边的月亮好像离人很近，只有几尺的距离。

第二句：船上挂着风灯，风灯在夜里亮着，很快就要三更了。三更相当于现在晚上12点左右。诗人在船上，还没有睡着。

第三句：沙滩上有鹭鸟在睡觉，它们蜷曲着身体并排着，很安静的样子。

第四句：有一条鱼从船尾跳出来了，又入水去了，发出了“拨刺”一样的声音。拨刺指鱼尾拨水声，这条鱼要逃命，游得很快呢。

杜甫这种即景的小诗总是写得别具风味，这首与“两个黄鹂”相似，用两联对仗的句子，描绘了月夜江边的景致，宁静却又充满着生命的跃动。第二联有两个特殊的词，联拳、拨刺，这类词叫连绵词，两个字连起来表达一个意思，不可分割。其中“联拳”二字叠韵，韵母相同。还有一种相似的情况，叫双声，即声母相同，而韵母不同，如“寥落”。连绵词很能体现汉语特殊的美感，诗词中也多有使用。对仗里，连绵词一般要对连绵词。这里的两个词，一个形容姿态，一个形容声音，各能曲尽其妙。

山水册（四）

清·石涛

暮江吟

◎唐 · 白居易

一道残阳铺水中，半江瑟瑟半江红。
可怜九月初三夜，露似珍珠月似弓。

这也是一个傍晚，诗人在江边写的诗。

第一句：太阳就要下山了，阳光很斜很斜，好像铺在江面上一样。

第二句：夕阳斜照在江面上，江水显出一半碧绿色，一半红色。

第三、四句：那天是九月初三，是月亮变得很细很细的时候。露水好像珍珠一样，月亮弯弯的像弓一样。这样的夜晚，诗人觉得很可爱，很想说些什么，可是他什么也没有说。

春日里的乡村生活

观化十五首（其十一）

◎宋 · 黄庭坚

题注：并序（序略）

原注：崇宁元年罢太平州后，自荆州居家作。

竹笋初生黄犊角，蕨芽已作小儿拳。
试挑野菜炊香饭，便是江南二月天。

这是诗人闲居在荆州时写的诗。荆州在现在的湖北。

第一句：春天到了，竹笋从地里冒出来，尖尖的，很像刚刚生下来的小牛的角。

第二句：蕨菜也才长出来，芽尖弯弯的，好像小孩子紧握的拳头。

第三、四句：这个时候如果去摘一些野菜来焖出香香的饭，那就好像在江南的二月天里了。

“观化”这个标题很有意思。这并不是一个地名，而略近于“观察事物变化”的意思。当时诗人闲居在荆州，写了十五首关于当地风物的小诗。

前两句是对仗，比喻相当生动，充满了生命的气息。以动物、以人来比喻植物的形态，活泼泼的。因为动物和人，本来就比植物更富于动态。至于后一句为何说“便是”，可见当下的“不是”。荆州不属于江南，而诗人的家乡正在江南。（黄庭坚是江西人，在这组诗的第十首他也流露出了对故乡的怀恋之情：“马上春风吹梦去，依稀人摘雨前茶”，黄庭坚的家乡双井，是出名的产茶之地。）所以，在万物生长的春天里，一样的风物勾起了诗人的怀乡之思。但是诗中写得很隐约，只是淡淡地用“便是”二字，流露出对故乡的怀想。这也正是山谷的诗耐读有味之处。

乡村四月

◎宋 · 翁卷

绿遍山原白满川，子规声里雨如烟。
乡村四月闲人少，才了蚕桑又插田。

第一句：乡村四月份的时候，春天已经快要过完了，树啊草啊都长得很绿很绿。雨水多起来了，河流啊溪水啊，水量就很丰沛，映着白色的天空，所以是“白满川”。川就是河流。这个时候的天是阴阴的，很少有太阳，天空就是白色的。

第二句：在杜鹃鸟的叫声中，非常细非常细的雨落下来了，这个雨极小，就像烟笼罩着一样。

第三、四句：乡村的四月份是很少闲人的，大家都很忙。才做完了养蚕的事情，又要开始插秧苗了。秧苗就是水稻小的时候，水稻成长了就会结出我们吃饭的米。

这首诗很有名，勾勒出一幅乡村四月的图景：白的水，绿的山，如烟的雨，忙碌的人。这样的图景，还依然留存在江南一带的乡村，非常的典型。而且这首诗里有种灵动的美，“绿遍”“白满”，让人感受到了山水变化的过程，这个过程又是很快的，一下子的，春天就要过去了，夏天就要来了。

山村雨景
清·王原祁

美味的鲈鱼

淮上渔者

◎唐 · 郑谷

白头波上白头翁，家逐船移浦浦风。
一尺鲈鱼新钓得，儿孙吹火荻花中。

第一句：江中的波浪里，有一位白头发的爷爷在钓鱼。

第二句：他们一家人都住在船上。船去哪里，家就在哪里。江水的风浪很大呀，水边都是风。

第三句：这位老爷爷刚刚钓到了一条鲈鱼，大概有一尺那么长。

第四句：他的儿孙非常开心，迫不及待地在荻花丛中生火，要煮鱼来吃了。

江上渔者

◎宋 · 范仲淹

江上往来人，但爱鲈鱼美。
君看一叶舟，出没风波里。

同样是在江上捕鱼的诗，在不同的诗人笔下却是不同的光景。

宋人笔记《鹤林玉露》，摘录了十首唐人的农家渔事诗，并写了这样一段话：

雪江卖鱼图

明·朱邦

农圃家风，渔樵乐事，唐人绝句摹写精矣。余摘十首题壁间，每菜羹豆饭饱后，啜苦茗一杯，偃卧松窗竹榻间，令儿童吟诵数过，自谓胜如吹竹弹丝。今记于此。

罗大经所摘录的教给孩子的十首诗，都是写田园渔樵生活的闲散与自得，其中就有郑谷的这首《淮上渔者》。荻花吹火，逐浪为家，生活虽不易，而犹有浪漫与诗意。而这一诗意，是文人眼中的诗意。至于农者渔者本身，却不一定是如此。

范仲淹的《江上渔者》倒很难得，极见诗人的忠厚之心。起承转合，四句中一波三折，末两句极为形象，如叶子般的小舟，在波涛中若隐若现，其中的危险就不言而喻了。就思想而言，颇为难得。大概近乎“锄禾日当午，汗滴禾下土。谁知盘中餐，粒粒皆辛苦”，然而李绅的这首过于直白露骨，就诗的艺术性而言，不如范仲淹的这首，形象，悠远，深刻。

最好的海棠诗

海　棠

◎宋 · 苏轼

东风袅袅泛崇光，香雾空蒙月转廊。
只恐夜深花睡去，故烧高烛照红妆。

第一句：东风很温柔地吹着，月光照到海棠花上，海棠花仿佛也泛着光辉。

第二句：空气里飘浮着香香的雾气，很朦胧的样子。夜深了，月亮走呀走呀，就转到走廊那边去了，照不到海棠花上了。

第三句：诗人很担心夜深的时候，花去睡觉了。

秉烛夜游图

宋·马麟

第四句：怎么办呢？那就点着一根很长很高的蜡烛，去照着海棠花吧。红妆，是女孩子的梳妆。诗人觉得海棠就像一个很漂亮的女孩子一样。蜡烛很高，所以可以燃烧很久，诗人想久久地陪伴着海棠花呢。

春　寒

◎宋 · 陈与义

二月巴陵日日风，春寒未了怯园公。
海棠不惜胭脂色，独立濛濛细雨中。

第一句：二月份的巴陵每天都刮风，巴陵是现在的湖南岳阳。

第二句：春天天气还没有完全暖起来，有时候还很冷，又是刮风，又是下雨，所以诗人都不敢出门。园公，是诗人给自己起的外号，那时候他借住在一个小园里，又觉得自己好像很老了，所以叫园公。

第三、四句：但是他看到海棠花开得很漂亮，红红的，像女孩子涂脸的胭脂的颜色。它并不吝惜自己的美丽，也不怕风雨，就这样独自站在濛濛的细雨中。诗人觉得自己有点惭愧呢，因为他连门都不敢出。

这是我最喜欢的两首海棠诗。海棠花开在初春，初春是一个很美好的季节。

苏轼的海棠诗，题名海棠，实际上写的是自己；陈与义的海棠诗，题名春寒，写的却是海棠。

宋人写景，开始不直写了。写花在月光下所映现的辉光，写香雾，都只是从侧面着眼，一片迷离，颇见神韵。结尾两句，流露出对自然万物的高度关心和爱惜，足以流传千古。白居易写过一首《惜牡丹诗》“明朝风起应吹尽，夜惜衰红把火看”。苏诗从这里化来，用语更加精

海棠蛱蝶图

宋·佚名

简，也更加有趣。不说明朝，而说夜深，是更加地在乎，更加地担忧；不说吹尽，而说花睡去，是将花当作一个真正的生命在看待；不说看花，而说用高烛照红妆，非为一己，而是为陪伴海棠。诗人的人格、境界自在其中。这两句诗虽然是从白诗的意思化来，但其中的高下就无须置辩了。

陈与义生逢南北宋之交，靖康之变后即辗转流离于湖南、两广等地，经历了家国之变，他后期的诗中常常流露出深重的家国情怀。写海棠独立细雨中，赋予了海棠人格的魅力，其实也仿佛诗人在乱世中的坚守一样。“国家不幸诗家幸”，没有这样的经历，是写不出这两句诗的。

所以，这是两首非常宝贵的诗。一首源于高贵的人格，一首源于沉痛的经历。

郑重地迎来一只小猫

乞　猫

◎宋 · 黄庭坚

秋来鼠辈欺猫死，窥瓮翻盘搅夜眠。
闻道狸奴将数子，买鱼穿柳聘衔蝉[①]。

① 衔蝉为猫的代称，因其能上树衔蝉，故称。后世也把嘴边有一小撮黑色毛的猫称为“衔蝉”。

诗人家里的老鼠很多，到处翻腾，他希望能养一只猫，把老鼠全部都赶走，所以写了这首诗。

第一句：秋天到了，老鼠开始要储藏粮食了。老鼠欺负诗人家里的猫死了，晚上在家里的盘盘罐罐里面找吃的，到处翻腾呀，搅得诗人睡不着。

第三、四句：诗人听说有只猫妈妈生了好几只小猫。“狸奴”就是古时候对于猫的别称。他要赶紧去买很多小鱼，用柳条串起来，然后去把小猫隆重地邀请到家里来。

衔蝉真是个非常雅致的名字。如果我们也有一只小猫，叫什么名字好呢?

赠　猫

◎宋·陆游

裹盐迎得小狸奴，尽护山房万卷书。
惭愧家贫策勋薄，寒无毡坐食无鱼。

诗人家里新养了一只小猫，诗人很喜欢，就写了一首诗送给小猫。

第一句：诗人用很多食盐，迎来了一只小猫。讨要猫仔的时候，诗人要送给原来猫的主人一些盐作为礼物，表示很郑重的意思。古时候，盐是很珍贵的。

第二句：小猫是来看护家里的万卷藏书的。因为老鼠会咬书，破坏书，有了猫，老鼠就不敢来了。

第三句：诗人自己很惭愧，家里没什么钱，也没做过什么有功劳的事情。

第四句：所以小猫呀，你在我家里就要委屈一下了，冷的时候没有温暖的毛毡可以坐，吃饭也没有鱼。

这是两首非常可爱的诗，如果你喜欢猫，一定也会喜欢上面的两首。

唐人写诗，不外风花雪月，宋人写诗，范围一下子扩大了很多。一者是文学求新求变的需要，一者也是宋代市民文化兴起的必然。很多平常的事物一一成为宋人诗中的主角，猫就是其中一种。

宋人养猫的风气很盛，从宋诗、宋画中就可以反映出来。宋代很多著名的诗人都养过猫，林逋、梅尧臣、黄庭坚、陆游等。陆游尤其爱猫，他的诗集中有数十首与猫有关的诗。我们最熟悉的“夜阑卧听风吹雨，铁马冰河入梦来”，是陆游所写的两首绝句《十一月四日风雨大作》中的第二首，年迈的诗人，尚想着为朝廷收复北地，而现实已经越来越无望了，唯有在凄风苦雨中做一场豪情之梦。而这组诗的第一首：“风卷江湖雨闇（暗）村，四山声作海涛翻。溪柴火软蛮毡暖，我与狸奴不出门。”读完这个，你才知道这个老人家的唯一慰藉，大概只有身边的这

蜀葵戏猫图

宋·毛益

只小猫了。

宋人写诗喜欢卖弄学问，黄庭坚是比较典型的一个。这首《乞猫》诗里，一共有三个“猫”的字眼：“猫”“狸奴”“衔蝉”，其实意思都是一样的，但是从字面上看却一点都不重复。这是一种技巧，当然也容易成为流弊。陆游的《赠猫》诗里也有一个典故：“食无鱼”，用在这里很巧妙，不明出处的人也当会心一笑。《战国策》载齐人冯谖寄食孟尝君门下，初不受孟尝君器重，居有顷，倚柱弹其剑，歌曰：“长铗归来乎！食无鱼。”后来遂以“食无鱼”为待客不丰或不受重视、生活贫苦的典故。此句从猫的角度写来，自然是“食无鱼”了，这样的典故就用得很可爱了。

怎样给一幅画题诗?

惠崇春江晚[1]景二首（其一）

◎宋 · 苏轼

竹外桃花三两枝，春江水暖鸭先知。
蒌蒿满地芦芽短，正是河豚欲上时。

① 或作“晓”。

这是一首题写在一幅画上的诗，画的作者是一个叫惠崇的和尚，画的是春江晚景，就是春天的江边，傍晚时候的景象。

第一句：竹林外面有两三枝桃花，开得很好。

第二句：桃花临着江水，春天来了，江水也变暖了。

谁是第一个知道的呢？是小鸭子，因为不论天气多冷，它们总是在江里游泳。

第三句：地上已经长满了蒌蒿，芦芽也刚刚长了出来，短短的。

第四句：诗人想着呀，这个时候应该也是河豚要从江水下游游上来的时候了。为什么想到河豚呢，因为河豚和芦芽、蒌蒿一起煮着吃，是非常美味的。

苏轼的这首诗很常见，是题画诗，也是一首充满春意的诗，每一句都与春天有关。起句疏朗，次句精练充满理趣。春江水暖，这是感受，也是春天来临的征兆。而鸭子耐寒，只要水不结冰，就会一直在水里游泳，所以自然是第一个感知水温，并且最早知道春天来临的了。说起来似乎很好理解，但是这样细致敏锐的观察，却是诗人的所得。第三句应该也是画中所有，但是第四句，却出于诗人的推论和想象。宋人张耒的《明道杂志》中记载：“（河豚）其烹煮亦无法，但用蒌蒿、荻笋、菘菜三物，云最相宜。”吃河豚易中毒，但是用这三样蔬菜同煮却可以避免。所以吃货苏轼，很自然地想到了肥美的河豚要游上来

桃潭浴鸭图

清·华喦

了。无论是水暖鸭知，还是河豚欲上，都来自于诗人对自然节奏的洞悉。所以，这首诗才这样令人喜爱吧。

题阳关图二首（其一）

◎宋 · 黄庭坚

断肠声里无形影，画出无声亦断肠。
想得阳关更西路，北风低草见牛羊。

这也是一首题写在画上的诗。这幅画叫阳关图，画的呢，是王维《送元二使安西》这首诗的诗意。

王维的这首诗，在当时就经传唱了，歌名为《阳关三叠》，至今仍有遗调。

诗写的是送别朋友去西域，西域是很远很远的地方，所以诗人很感伤。根据这首诗编成的《阳关三叠》，也是一首很让人伤心的歌。

黄庭坚的这首题诗，很是别具心裁。

第一句：让人伤心的声音是没有形状，也没有影子的，看不到，摸不着。这句说的是《阳关三叠》这首曲子。

第二句：眼前的这幅画是没有声音的，可是画里把诗中的故事都画出来了，看了，也让人会很伤心。伤心得肠子都要断了，是很痛苦很难受的。

第三、四句：画上画的是阳关。诗人想，这阳关外面是什么呢？他很喜欢也能在画上看到。看到什么呢？看到北风一吹，草原上的草就弯下去，就变矮了。这时候，躲在草后面的牛呀羊呀，就全部出来了。

题画诗大概从宋代才开始大量出现的。唐代的画家，有时候连名字都很吝惜写，更别说在画面上题诗了。后来发展到明清，画上题诗，简直就变成画的一部分了。

一幅画要怎样题诗？这两首给我们作了很好的演示：

不能只说画面上的，诗中还要有画上没有的，由画而来的想象。这两首的最后一句，都是这样得来的。

黄庭坚很善于化用古人的成句，他自己称之为“点铁成金”，也确实是，写出来效果很好，很不俗气。

前两句写画和音乐，两者各有所不足，一个没有形影，一个没有声音，可是都可以触动人的情感。

末两句是翻案的写法，王维的原诗说“劝君更进一杯酒，西出阳关无故人”。黄庭坚就不说“故人”了，他说阳关外面有“风吹草低见牛羊”，这幅阳关图，也可以不用让人很伤心。因为阳关外面，是富饶的草原，有连绵的青草和自在的牛羊。北朝民歌《敕勒川》：“敕勒川，阴山下，天似穹庐，笼盖四野。天苍苍，野茫茫，风吹草低见牛羊。”这首古诗也是人尽皆知了。变为“北风低草”是为了格律的需要，因为第四字必须要仄声。这两句诗，就是化用了王维的名句和《敕勒川》，融入了诗人自己的新意。“点铁成金”说的就是这样。

风雨中的潮涨，风雨后的花开

淮中晚泊犊头

◎宋 · 苏舜钦

春阴垂野草青青，时有幽花一树明。
晚泊孤舟古祠下，满川风雨看潮生。

诗人坐着船，傍晚的时候停靠在岸边，于是写了这首诗。

第一句：春天的时候，天阴沉沉的，似乎一直垂到田野上，田野上的草已经很绿很绿了。

第二句：偶尔看到很漂亮的花开了一树，花很明亮，好像把这个阴沉的天气也照亮了一点。

第三句：诗人说他乘坐的小船，停靠在一座古老的祠庙外面。

第四句：他也没什么事，看着江上开始起风了，下雨了，江水也慢慢地涨起来了。

这是宋人的诗，却依然是唐人的风韵。

前两句写的是春天原野的景色，后两句写的是诗人自己。首联对比强烈，一个是颜色的对比：天是阴的，花是明的，而草是青的。还有是大小的对比：春阴是广阔的，草也是广袤的，而花只有一树，是小的，是孤立的。至末两句，春雨已经下起来了。末句看似简单，却可见诗人的人格和境界，这种诗句，很不易得。已经满川风雨了，还可以静看潮生，是怎样的情境呢？“看”字很有味道，看似普通，却并不普通。这个“看”，不是一下地看，是长久地看，风雨来了，江潮自然要涨起，这是一种自然，不可回避，所以诗人也并不回避。

据说此诗写于苏舜钦被政敌构陷，罢职出京前往苏州的路上。诗很怕过分解读，一一去坐实，然而有时候知道这样的背景，也更能了解诗人写此诗时，为何会有这样的心境。在这孤舟之上，古祠之下，风雨来临，江水涨起之际，面对“万不得已”的自然，不是躲，不是藏，却是很直面地去“看”。在满川风雨时，依然选择平静看潮生呢，试问又有几人能做到呢?

很难说，是景物成全了诗人，还是诗人成全了这样的意境?

春　日

◎宋 · 秦观

一夕轻雷落万丝，霁光浮瓦碧参差。
有情芍药含春泪，无力蔷薇卧晓枝。

风雨归舟图

明·戴进

第一句：一下轻轻的雷声之后，就下了雨。雨好像很多很多的细丝一样。

第二句：雨下得很快，天又晴了。阳光浮动在绿色的瓦片上面，好像有碧绿的光在一摇一摇。

第三句：这个时候的芍药花，因为沾满了雨水，就好像含着眼泪一样，很有感情的样子。

第四句：蔷薇花呢，因为被雨水压得身上沉沉的，好像没什么力气一样，躺在刚刚苏醒的枝条上面。

这是秦观很知名的诗，细致入微地描写了春天下雨以及雨后的景色。前两句非常具有动感，雨接着雷声而来，刹那雨停，霁光浮瓦，“浮”字用得极为生动，是细微的动态，带着光影。而后两句是静态的描绘，然而静中有动，一含，一卧，这两句也体现了诗人敏锐的观察力。试想想，假如把芍药和蔷薇换一下，可以吗？芍药花大，故而这场春雨只是让它“含泪”，蔷薇花小，故而被雨压得沉了，斜靠在枝头。古人写诗，用字是非常妥帖的。

最美的湖山

饮湖上初晴后雨

◎宋 · 苏轼

水光潋滟晴方好，山色空蒙雨亦奇。
欲把西湖比西子，淡妆浓抹总相宜。

诗人乘船在西湖上喝酒，本来是晴天，后来又突然下雨了。于是诗人写了这首诗。

第一句：阳光照在湖水上，湖水轻轻摇呀摇，闪烁着很细碎的光。诗人觉得晴天的西湖正是很好的时候了。

第二句：可是这个时候突然下雨了。在湖上看到湖边的山色，就变得很朦胧。于是诗人又觉得，雨天里的西湖也很美，是一种奇丽的美。

第三句：诗人觉得呀，这个西湖，就好像古时候最漂亮的美女西施一样。

第四句：无论是化浓妆还是化淡妆，晴天还是雨天，都是很好看的。

六月二十七日望湖楼醉书五绝（其一）

◎宋 · 苏轼

黑云翻墨未遮山，白雨跳珠乱入船。
卷地风来忽吹散，望湖楼下水如天。

这首也是写雨后的西湖。诗人在湖上一个叫望湖楼的阁楼上喝酒，喝醉了，写了这首诗。

第一句：就要下大雨了，云都是黑色的了，被风吹得在天上飘呀，好像是墨水在翻动一样的。这样的黑云，还没有遮住湖边的山。

第二句：这时雨下来了，雨是白色的，好像跳珠一样，到处乱跳，跳到船里去了。可见雨很大，风也很大。

第三句：一阵很大的风吹来了，这阵风有多大呢？就好像要把地面卷起来一样，一下子，就把雨都吹散了，雨又停了。

第四句：诗人在望湖楼上望着湖水，水面又变得很平静很平静，又很清澈，像镜子一样映出了天空。所以是“水如天”了。

苏轼在西湖写了无数的诗词，这是很脍炙人口的两首。一首写的是一种整体的感受，一首是撷取了湖上一场急雨的瞬间，带给了读者不一样的体验。

从来只有把美人比花，或者把花比美人，却不见有把一

西湖春晓图

宋·佚名

个湖来比作美人的，这是宋人的新奇。不只是比美人，后面还要再加一句“淡妆浓抹总相宜”。苏轼对西湖真是喜爱到极致，反正不管你怎样，这个美人粗头乱服也好，华服艳妆也好，都是美的，都是好的，美人就是美人。苏轼还有一句诗，以美人来喻茶，“从来佳茗似佳人”，也很新鲜。与“欲把西湖比西子”正好对仗，是一对很有名的苏轼诗句的集联。

第二首几乎是纯粹的写景，富于节奏感和戏剧性。先是黑云翻墨，然后是白雨跳珠，浓烈、迅猛、黑白分明，而一阵大风吹来，将前面的一切全部吹散，仿佛一首乐曲高潮之后，戛然而止，收得干干净净，于是就轻轻出来一句“望湖楼下水如天”，湖还是那个湖，天还是那个天。这首诗并没有诗人太强烈的情感，也没有哪一句写得特别的突出，它是一个整体，诗意来源于，它用完美的节奏，再现了自然瞬息的变化。

旅人的路

早　行

◎宋 · 陈与义

露侵驼褐晓寒轻，星斗阑干分外明。
寂寞小桥和梦过，稻田深处草虫鸣。

这是一首很早起床赶路的诗。

第一句：诗人穿着驼毛做的衣服出门了，天色还很早，露水落到衣服上，诗人觉得又湿又冷。

第二句：天上漫布着星星，非常的明亮。为什么？因为天色还很暗，所以看得到星星。

第三句：诗人独自走过了一座小桥，他觉得很寂寞呀，又因为是刚刚睡醒，他觉得好像自己一边走，一边还在做梦一样的。

第四句：稻田深处的虫叫得很响亮。本来虫子的声音不大，又是从很深的稻田里面传出来，为什么诗人还能听到呢？因为大清早的时候大家都在睡觉，到处都非常地安静，所以虫子的叫声就非常地明显了。

这个叫声，让本来一边睡觉一边赶路的诗人，又清醒了一些吧。

三衢道中

◎宋 · 曾几

梅子黄时日日晴，小溪泛尽却山行。
绿阴不减来时路，添得黄鹂四五声。

这是一首夏天赶路的诗。

第一句：梅子黄的季节里，天天都是晴天。梅子黄是什么时候呢？是夏天的时候。

第二句：诗人刚刚从船上下来，又开始走山路了。诗人的这个行程真是丰富呢。

第三句：山上的树很绿，长得非常浓密，跟诗人来的路上一样。

第四句：只多了什么呢？多了四五声黄鹂鸟的叫声，很好听的。

征人晓发图

宋·佚名

读宋人的诗，尤其是绝句，有时候会觉得很单调，意思说完了，就没有了。其中一个原因大概是，诗中的感情少了，理性多了。这两首诗，相比之下我更喜欢前者。因为陈诗的意蕴更丰富一些，用星星的明亮衬托出行之早，用草虫的鸣叫衬托行路之寂静，又有强烈的感受“寂寞”二字，还是“和梦”的，迷蒙的，让人有更丰富的联想和感受，诗的高下之分，也就在这里。当然萝卜青菜，各有所爱，也有人就喜欢清新流美、意思简单的。《三衢道中》就属于这一种，前两句只是平平地写来，末联用一减、一添，巧妙地写出山路中的所见所闻，豁人耳目，也别具特色。

夏天的荷塘

小　池

◎宋 · 杨万里

泉眼无声惜细流，树阴照水爱晴柔。

小荷才露尖尖角，早有蜻蜓立上头。

这是一首写小池子的诗。

第一句：池子里有个泉眼，冒着很小很小的水流，一点声音都没有。为什么水那么小呢，因为泉眼很爱惜这股细细的流水，希望它可以一直流淌。

第二句：夏天到了，树叶长得很浓密了，映照在池水里。树叶呀，都喜欢往有水的地方生长。为什么呢？因为它们很喜欢这样晴朗又柔美的样子，所以去照了一下“镜子”。

第三句：池子里的荷花刚刚长出来，花苞是尖尖的，很小很小。

第四句：这个时候已经有蜻蜓，停在尖尖的荷花苞上面了。蜻蜓真是很轻盈呢。

晓出净慈寺送林子方（其一）

◎宋 · 杨万里

毕竟西湖六月中，风光不与四时同。
接天莲叶无穷碧，映日荷花别样红。

第一、二句：西湖到了六月份夏天到来的时候，风景与其他季节也是很不一样的。

第三、四句：荷叶一直长啊长啊，就要跟天空连接到一起了，那种碧绿的颜色好像没有穷尽一样。荷花映着刚刚升起来的太阳，显出一种特别的红色。

杨万里的诗，以明白晓畅、生动自然为特色，时人称之为“诚斋体”（杨万里号诚斋）。这两首小诗，清新流美，发现了平常事物中的美感，又用非常通俗易懂的语言写了出来。

第一首的前两句是对仗，工整妥切。之后截取初夏荷花刚刚长成的瞬间，用“才露”与“早有”，表达对于美好事物出现的欣喜和期盼。蜻蜓仿佛与人一样，迫不及待了。

第二首的对仗在末两句，也非常的工整，通俗而琅琅上口。需要注意的是，这首诗的诗题是“晓出”，就是很早很早的时候，是诗人出门送别朋友写的诗。这组诗第一首的第一句是“出得西湖月尚残”，说明那时候真是非常早，天还没有亮，看得到残月。荷花之所以会呈现别样的红色，正在于初升太阳斜照的光线。荷花花瓣极为透、薄，经过阳光的照射，会呈现出一种通透的效果。这种“别样红”正来自于此。

出水芙蓉图
南宋·吴炳

眷念亲友

与秋风比赛，与大雁同归

蜀道后期

◎唐 · 张说

客心争日月，来往预期程。
秋风不相待，先至洛阳城。

诗人在四川准备要回洛阳了。

第一句：诗人的心里很着急啊，他很想回家。可是古时候从四川出来的路是非常崎岖非常难走的，他想跟日月比赛，跟时间赛跑，走得快一点。

第二句：回家路途遥远，所以诗人事先算好了期程，什么时候要走多远，心里都有数了。

第三、四句：可是诗人觉得自己走得实在太慢了。慢到怎样呢？连秋风都没有等等他，就已经吹到洛阳城了。你说诗人能像风一样快吗？

张说这首诗很有意思。第一句说这种客居他乡的心，要与日月相争，那是多么强烈的情感，多么想挣脱时间的束缚，马上回到家里。这是时间维度。

第二句，来往的路途已经算好了期程，这是空间的维度。想争？其实是争不了的事情。第三句突然间一个急转弯，不仅是争不了，连秋风都舍诗人而去了，先回到洛阳城了。诗人心里怎么能不着急呢。

真是一波三折。

芦雁图

清·边寿民

南行别弟

◎唐 · 韦承庆

万里人南去，三春雁北飞。
不知何岁月，得与尔同归。

这是一首告别弟弟的诗。诗人在北方，要往南边去了。

第一句：诗人要去的地方很远，所以是万里。

第二句：三春就是指春天，因为春天有三个月，孟春、仲春、季春。那时候是春天了，北方也变暖了，所以大雁从南方又飞回北方。大雁的方向是不是跟诗人的方向是相反的？

第三、四句：不知道什么时候，我才能跟大雁一样，也从南方飞回北方了。

还没离开就已经想着归来的事了，那是人之常情，普遍的情感写到诗里，最容易动人。

这两首诗，一首是将要离家，一首是在回家的路上，不同的路，不一样的心情。

虽然远方是很好很好的，但我还是舍不得你

黄鹤楼送孟浩然之广陵

◎唐 · 李白

故人西辞黄鹤楼，烟花三月下扬州。
孤帆远影碧空尽，唯见长江天际流。

这是一首送别朋友的诗。

第一句：诗人的朋友叫孟浩然，“故人”就是老朋友，他们是在黄鹤楼分别的。黄鹤楼在长江边，传说曾经有人乘着黄鹤在那里飞上天去，变成神仙了，所以叫黄鹤楼。这位老朋友要去的地方叫“扬州”，就是沿着长江一直往

东边走，黄鹤楼是在西边的，所以说“西辞”，“辞”就是告别。

第二句：这个时候呢，是扬州最美好的季节。三月份正是春天的时候，开了很多很多的花，像烟雾一样的，所以说是“烟花”。诗人说，你要去的地方超级美啊，大家心里都很开心的。

第三句：可是老朋友走了，诗人一直在楼上望着老朋友坐的船啊，越来越远，越来越远，直到看不见了，他实在是很伤心的。

第四句：只有长江水，还在哗啦啦地往天边流去，可是再远，也看不到了。他实在是非常的伤心，不舍得老朋友走呢。虽然他一直跟他说，扬州那么美，可是也没有办法。

讲到故人，想起“故人江海别，几度隔山川”，以前没有飞机没有火车，和朋友之间隔了很多山很多水，是很远很远的，好多年才能见一次。又想起最近病重去世的故人，其实也是这样，回到古人“江海别”的距离感，只是这个距离再也无法跨越。

芙蓉楼送辛渐二首（其一）

◎唐 · 王昌龄

寒雨连江夜入吴，平明送客楚山孤。
洛阳亲友如相问，一片冰心在玉壶。

这是一首送别朋友的诗。朋友要回去洛阳，洛阳有很多诗人的朋友和亲人。所以虽然是送别朋友，可是诗人说的却是自己。

第一句：送别那天的夜里就开始下雨了，雨是寒冷的，又下得很大，好像跟江面都连在一起。芙蓉楼在江苏镇江，长江边。吴是古时候的地名，大概在江苏南边和浙江北边。

第二句：送别朋友的时候天才刚刚亮，远处的楚山看起来就和诗人一样孤独。

第三、四句：洛阳的亲人朋友要是问起我来呀，你就告诉他们，我的心就像玉壶里的冰一样，干净清澈、又坚定不移的。

虎阜春晴图

明 · 谢时臣

这首诗的开头两句画面感极强，好像电影镜头一样：寒雨是在夜里悄悄潜入的，铺天盖地，益增凄楚，而平明送客，楚山孤独，镜头刚刚推近，却又越去越远了。

第三句陡然一转，临别嘱咐，说的却是自己，与一般的送别诗有别。

“玉壶冰”出自鲍照《代白头吟》“直如朱丝绳，清如玉壶冰”，比喻人品的高洁。唐人很喜欢“玉壶冰”这一说法，唐诗中多有类似表述。施蛰存《唐诗百话》指出，玉壶冰在当时有喻为官清正廉洁之意，引姚崇《玉壶赋》及卢纶“玉壶冰始结，循吏政初成”（《清如玉壶冰》）等诗，可备一说。

可以和我一起回家吗?

长干曲

◎唐 · 崔颢

（一）

君家何处住，妾住在横塘。
停船暂借问，或恐是同乡。

（二）

家临九江水，来去九江侧。
同是长干人，自小不相识。

（三）

下渚多风浪，莲舟渐觉稀。
那能不相待，独自逆潮归。

（四）

三江潮水急，五湖风浪涌。
由来花性轻，莫畏莲舟重。

古时候南京有个地方叫长干里，在长江边，那里的人都靠水而生。长干曲是那一带的民歌，讲的是长干里一带的日常生活。这首是文人的拟作。

很多年前参加中山大学举办的研究生暑期诗词学校，台湾王伟勇教授前来授课，讲诗词吟唱之道，即以此首歌开篇。配的大概是台湾民谣一类的曲子，极为琅琅上口，听过一次就可以记住旋律了。现在中山大学的诗词学校已经举办过三届，据说这首曲子已经成为“校歌”了，诗中所写的，虽然是船家儿女的对话，但偶遇与初识的心情，确是最能引起共鸣的所在。

这是一首在江上结识新朋友的诗。

第一首：你家住在哪里呀？她等不及对方回答，就赶紧自报家门：我就住在横塘上。我停下船来问问你，是因为希望你是我的同乡呢？一个“恐”字，说出了这个女孩子心中的期待，她多么希望这个人就是她的同乡。这是个很着急又很热情的姑娘。

第二首：这个男孩子答话了，我家里就住在九江的岸上，我从小都在九江边走动。我们都是长干人，可是从小并不相识。

第三首：水越往下流呢，风浪就越大了。大家都怕危险，所以同行的船就少了。这艘小船是出去采莲的，所以叫“莲舟”。采莲的船都是很小很小的，只能坐一两个人。这个小姑娘说，我在这里等你，是因为看到同行的船很少了，如果我不等你，我们都要独自一个人撑着小船，迎着潮水回家，这样太寂寞了。

第四首：三江、五湖都是虚指，就是说这里的水道很多，而且风浪大，潮水急，很危险。这个男孩子说，船上载着的莲花是很轻的，你不用担心这艘小小的船载不动。

采莲图
清·沙馥

（其实暗指的是女子的“花性轻”，有些调侃的味道。）他好像还不太想跟这个女孩子同行呢。

前人对崔颢的这几首诗评价很高，尤其是前面两首，出语天然，宛然就是船家儿女对话的声口，寥寥数字，人物和场景都跃然纸上。一问一答，一进一退，人世相逢的偶然性，个体的争取与改变，或恐是同乡的恳切与期待，这一场相遇所带来的，又何止是相遇。

去到朋友家里，却见不到人

休假日访王侍御不遇

◎唐 · 韦应物

九日驱驰一日闲，寻君不遇又空还。
怪来诗思清人骨，门对寒流雪满山。

第一句：诗人每天都很忙，工作九天，就只能休息一天。驱驰，说的是自己非常忙，整天像马一样的奔跑。你有没有这么忙过呢?

第二句：好不容易有得休息了，诗人想去找找他的好朋友。古时候没有电话没有手机，他也不知道朋友在不在家，只好去碰碰运气。他去到了，发现朋友又没在家。

柴门掩雪图

明·唐寅

“空还”，就是白跑一趟，空手而回了。这里的“又”字用得很有意思，简单，却把此前很多次的“空还”都包括在里面了。

第三句：不过呢，他也不是没有收获的。他的收获是什么呢？原来啊，他想清楚了一件事情。就是朋友的诗为什么写得那么好，读起来很清爽的，好像骨头里面都凉飕飕的。

第四句：因为呢，朋友家住在山上，山上的冬天特别冷，门口有山上流下来的泉水，冒着冷气。而雪已经覆盖了整座山了。朋友整天面对的是一个白色的雪的世界，所以他写出来的诗，也是清清冷冷的，让人觉得冰爽冰爽的。

没有办成的事，也不要太失望。因为总是会有收获的。

另外韦应物真是个很让人喜欢的人，和诗人。

长松山水图

宋·马麟

寻隐者不遇

◎唐 · 贾岛

松下问童子，言师采药去。
只在此山中，云深不知处。

这个故事更简单了。这位诗人的朋友也住在山上，他也不在家。他家的门口种着松树，诗人就在树下问他的学生，“你的师父去哪里了啊？”学生说他采草药去了，就在这座山里。但是呢，山上的云雾很浓很深，根本看不到师父的身影。这个朋友是不是像神仙一样的，天天在云雾里。你说诗人要不要自己在山里找找呢?

现在联络的方式那么多，什么事都可以提前约好，去到朋友家里却见不到这样的事情，大概是再也不会发生的了。所以，这样的诗我们更要珍惜。

送别朋友要喝很多很多的酒

送元二使安西

◎唐 · 王维

渭城朝雨浥轻尘，客舍青青柳色新。
劝君更尽一杯酒，西出阳关无故人。

这是一首送别朋友的诗。

诗人的朋友要去西域（安西即唐时的安西都护府，统辖西域地区），西域就是唐僧取经时走过的很偏远很偏远的地方。所以诗人很不舍得他。

第一句：他们是在渭城分别的，那天早上下着小雨，空气中的微尘好像都湿湿润润的。

第二句：因为下过雨，地上的一切好像洗过澡一样，都很干净。客舍是青色的，柳树刚刚发芽。你说是什么季节呢?

第三、四句：诗人跟朋友说，你别走，再干一杯酒吧。为什么呢? 因为走出了阳关这个地方，你就没什么朋友了。没有朋友就只能一个人喝酒，一个人喝酒是很寂寞很寂寞的。

这首七绝历来评价也很高，写出了春景的美好和离别的况味。在同一首诗里，这两者竟然很是和谐。春景越美，离别就越不舍，大概也是王夫之所谓的“以乐景写哀情”了。第二句提到柳色，似乎也不是泛泛，古人送别有“折柳”之习。因“柳”与“留”字谐音。结尾二句如对友人所说，移以入诗，深挚无匹。先说果，再话因，往往能令读者心中一颤。

金陵酒肆留别

◎唐 · 李白

风吹柳花满店香，吴姬压酒唤客尝。
金陵子弟来相送，欲行不行各尽觞。
请君试问东流水，别意与之谁短长。

这也是一首送别的诗。不过呢，这次诗人才是那个要远行的人。古人送别朋友，都喜欢喝酒。

这首诗是在金陵送别的。金陵就是现在的南京。

第一句：也是一个春天，柳树开花了，风吹着，空气里仿佛有香味。不知道这个香气是花香还是酒香？

第二句：卖酒的姑娘从酒槽里将酒压出来，招呼大家来喝酒。

第三、四句：金陵当地的朋友都来送诗人，本来他已经要启程了，结果朋友们太热情，他又舍不得走，跟大家继续喝酒。

第五、六句：诗人觉得朋友们对他的感情真好。东流

仿古山水册
明·蓝瑛

入海的江水是不是很长？诗人想去问问那些流水，是朋友们的情意长，还是流水长。

另外再说一句，古人喝的酒一般都是酿造酒，度数较低，所以他们可以一下喝很多。蒸馏酒是从元代才开始传入中国的。

诗仙的送别

送友人

◎唐 · 李白

青山横北郭，白水绕东城。
此地一为别，孤蓬万里征。
浮云游子意，落日故人情。
挥手自兹去，萧萧班马鸣。

这是一首送别友人的诗。

第一、二句：青山横躺在北城门郊外，一道白色的河流绕着东城。这是诗人送别朋友的地方。

第三句：诗人说，我们在这里分别啊，你就像飘蓬一样，要飘去很远很远的地方了。蓬是一种野草，枯萎后就随风飘散。

第四句：天上的云，是随风飘散的，就像远游在他乡的人一样，也不知道自己要去哪里。

第五句：将要落山的太阳呢，是不是很不舍得落呢？总是带着光芒一点一点地消散。就像诗人要和朋友分别时一样，很依依不舍的。

第六、七句：没有办法，朋友最后还是跟诗人挥挥手说拜拜啦，连彼此乘坐的马儿也发出了萧萧的鸣叫声。

渡荆门送别

◎唐 · 李白

渡远荆门外，来从楚国游。
山随平野尽，江入大荒流。
月下飞天镜，云生结海楼。
仍连[①]故乡水，万里送行舟。

① 或作怜。

诗人从故乡四川来到一个叫荆门的地方，还要往更远的地方去。

第一、二句：诗人坐船一直到荆门外面，来到这个原先是楚国的地方。

第三、四句：到这里的时候，已经没有那么多高山了，露出宽广的平原来。江水原本从高山峡谷中流出，突然间到了平原，就毫无阻隔地往很远的地方去了。

第五句：快要天黑了，月亮很圆很圆，从东边升起来，好像是天上飞下来的镜子。

第六句：云朵呀，层层叠叠地，好像生成了一座海上

京江送别图
明·沈周

的高楼。

第七句：来到这里呀，景色与故乡都完全不同了。但是只有这江水，是从家乡陪着诗人一起到这里的，即使去很远很远的地方，也一直送别着诗人。

五律严整高古，却容易写得局促。李白的五言律诗，带有古诗风味，大开大阖，用语明净自然，感情饱满，很

适合给孩子作为启蒙。

大诗人的对仗，工整，妥切，却气象磅礴，气韵生动，绝不刻板。“青山”“白水”“北郭”“东城”，普通的字眼，下一“横”字和“绕”字，气象全出。“此地”一联是流水对，所谓流水对，就是上下两句是对仗的，然而意思却连贯如流水，相互承接。先有别，才有万里的征途。这首诗，最妙的一联是“浮云游子意，落日故人情”，深得比兴之意。“浮云”“落日”是分别当时的所见，又与当下的心境发生了联系：浮云如游子之意，落日似故人之情，把心中的情意具象化了。浮、落，这个具象化却又是动态的，延续的。结尾以马的离别衬托人之别情，马犹如此，人何以堪。然而“挥手自兹去”，却别有一种豪情和勇毅，真是既旷达又深情。

《渡荆门送别》诗题别具一格，这个送别，其实是诗人自己告别故乡，继续前行。

中间两联气象宏大，颔联写山尽江流，一收一放，视野极广。颈联喻象神妙，月是飞下来的，云是往上升腾的，一高一低，充满了浪漫气息。最后一联情感勃发，面对着与故乡截然不同的景色，诗人突然觉得伤感起来。唯有船下的流水，仍然送别着去往远方的游子。此联又回应了起句的“渡远”二字，从哪里来，要到哪里去，四十字内，思绪万千。

好天气里乘舟访友

三日寻李九庄

◎唐 · 常建

雨歇杨林东渡头，永和三日荡轻舟。
故人家在桃花岸，直到门前溪水流。

这是一首去朋友家的诗。朋友的名字叫李九，因为他在家族里排行第九。诗人还没去到，还在路上。

第一句：本来下着雨，诗人从东渡头出发的时候，雨停了，歇息了。在哪里歇息呢？在渡头的那片杨柳林中。

第二句：三月三日是春天，是古代的踏春节。诗人是在这天出发的，乘着一艘小船。（“永和”借用《兰亭序》“永和九年”，以示三月三日之意，隐含了季节之美。）

第三、四句：朋友的家在哪里呢？就在岸边的那一丛桃花林里，他家的门前正对着溪流。这个家真是不错呢。

雨停了诗人开始坐船出发，去朋友家里。朋友的家就在水边。家门口有什么，有桃花，还有哗啦啦流着的溪水。整首诗很平稳，似乎没什么转折，胜在画面感极强。这首诗的意味还在于“寻”，究竟是寻到“庄”了没有呢？找到朋友了吗？不知道。

整首诗我喜欢一个字：“荡”，看似平和的结构和字句中，有了这个“荡”字而别样生姿。“荡”字显出了水流之急，又表现了诗人心情的畅快。为什么水流急呢，因为刚刚下过雨；为什么心情好呢？因为雨刚刚停了。所以古人用字之准，真是非常讲究的。

赠汪伦

◎唐 · 李白

李白乘舟将欲行，忽闻岸上踏歌声。

桃花潭水深千尺，不及汪伦送我情。

第一句：诗人的名字叫李白，有一天他去一个叫桃花潭的地方玩，他乘着船就要离开了。

第二句：他忽然听到岸上有人在唱歌，和着脚步声很有节奏的样子。

第三句：李白知道是他的朋友汪伦来了。来干什么呢？李白没说，但是他感叹道，桃花潭的水很深很深，有一千尺那么深。可是也比不上汪伦送我的情谊。

突然想到一本绘本《猜猜我有多爱你》，有一次跟孩子在外面读过。小兔子说爱妈妈爱到月亮那么远，后来妈妈说，她爱小兔子爱到月亮上，还再拐回来。虽然只看过一次，不过孩子也还记得，后来还模仿它这样的说法。

具象化的比喻是孩子的，也是诗人的。李白这首诗千古以来都受到喜欢，也正在此。

李白是飘忽的，他人所不能及。叙事至忽闻踏歌声就戛然而止，笔锋一转，写人世难以衡量的情谊，笔重千钧。这情谊，遂与这歌声袅袅不绝，千古流传了。

桃花渔艇图
清·王翚

随明月和春色一起

闻王昌龄左迁龙标遥有此寄

◎唐 · 李白

杨花落尽子规啼，闻道龙标过五溪。
我寄愁心与明月，随风①直到夜郎②西。

① 或作“随君”。

② 今湖南省夜郎县。

诗人听说朋友被贬谪到龙标，龙标在湖南湘西，在唐代是很偏远的地方了。贬谪就是古代的时候官员犯错误了，或者皇帝不喜欢他，被降职了。诗人心里也很伤心，所以给朋友寄去了一首诗。

第一句：这时候春天也快要过完了，杨花已经落尽，杜鹃鸟在叫着“不如归去”。（可是朋友不能“归去”，他还得朝着更远的地方去。）

第二句：听说朋友要去的地方叫龙标，龙标很远很远，比五溪还要远。五溪在湖南和贵阳的交界，包括辰、酉、巫、武、沅溪。

第三句：他很想去陪伴朋友，但路途这么远，并没有办法。他想到了天上的月亮，他要把自己忧愁的心寄给明月。为什么呢？因为天上只有一个月亮，诗人看到的月亮，和朋友在龙标看到的，都是同一个。只有月亮，能把他们联系起来。

第四句：让风带着诗人忧愁的心，一直去到朋友所在的地方，去到夜郎的西边。

层峦晓色图

清·王翚

送沈子归江东

◎唐 · 王维

杨柳渡头行客稀，罟师荡桨向临圻。
唯有相思似春色，江南江北送君归。

这是一首春天送别朋友的诗。朋友要坐船回家乡去。

第一句：渡头有杨柳依依，行人很少。

第二句：船夫荡着桨，载着朋友向临圻去了。

第三、四句：诗人很舍不得朋友，很想随他一起去，但他去不了。他希望自己的思念就像春色一样，从江北到江南，一路地送朋友回去。朋友回去的路上，一路就都是春天，真是美好啊。

不知道是春色因相思而勃发，还是相思因春色而起，“江南江北”四字，让人感觉到春天真的是铺天盖地而来，别情并不是太悲伤，因为还有共有的明媚春光。

这两首诗末两句的取意很相似，无论忧愁或欣喜，都希望能与朋友一起。可是距离无法跨越，只有将自己的情感倾注到明月中、到春风里，只有它们，可以一直陪伴着友人，并将自己的思念也一起带过去。

湖山春晓图

宋·陈清波

遇到意气相投的朋友

少年行四首（其一）

◎唐·王维

新丰美酒斗十千，咸阳游侠多少年。
相逢意气为君饮，系马高楼垂柳边。

第一句：新丰这个地方的美酒很出名，一斗酒要十千钱这么多。

第二句：咸阳的游侠也很多，很多都是少年人。游侠是指古时候那些很豪爽的、肯为朋友解决问题，不怕牺牲自己生命的人。

第三句：这些少年的游侠见面了，就好像老朋友一样，彼此都很投机，一起喝酒呀一杯又一杯。

第四句：他们喝酒的时候，就把马系在酒楼下的垂柳旁。

读这首诗，感觉场景变换得非常快，节奏也很快，一下子说酒，一下子说游侠，读到第三句才恍然大悟：游侠的酒，是要喝很多很多的。诗意到此，已经是高潮了，下来该写什么呢？诗人把目光放到了酒楼之下，不再写喝酒了，转而交待系马的情节。这一句，是这首诗让人回味无穷的所在。为什么呢？“系马”说明了游侠乘马而来，更增添了侠客的快意豪情，而后下一“高楼”“垂柳”，画面感极强，短短七字，简直像电影镜头一样，仿佛将读者拉回了千年前喝酒的现场楼下，至于现场是怎么喝的，就自己去想象吧。

送朱大入秦

◎唐 · 孟浩然

游人五陵去，宝剑直千金。
分手脱相赠，平生一片心。

这是一首送别朋友的诗。

这位朋友要去长安了，五陵是汉代皇帝的五个陵墓，都在长安，所以用来指代长安。诗人有一把宝剑，价值千金。分别的时候，他把宝剑送给了朋友，因为不知道什么时候还能再见面，这是他对朋友的全部心意。

前人对孟浩然的五言诗评价极高，连李白都要写“吾爱孟夫子，风流天下闻”，这个风流，是文采风流的风流。

送别朋友多写得伤感凄恻，这首虽然也有感伤之意，但是这种调子，却为任侠的豪迈气息所掩盖。以贵重的宝剑相赠，表达诗人对朋友深厚的感情，恳切、郑重，没有一丝的迟疑。“脱”用得很别致，干净利落。诗中用了三个数字：五陵、千金、一片，尤其是“千”和“一”，对比强烈，诗人对朋友的感情，都在这数字中了。

游骑图卷（局部）

宋·佚名

想念一个人的时候

秋夜寄丘二十二员外

◎唐 · 韦应物

怀君属秋夜，散步咏凉天。
山空松子落，幽人应未眠。

这是一首想念朋友的诗。他的朋友姓丘，在家族里排二十二。（唐人很习惯用排行去称呼友人，排行是按家族里的兄弟算的。）员外是他的官名。

第一、二句：诗人在一个秋天的夜里想起了这位朋友，他睡不着，出去散步，秋天的夜里是很凉的。

第三句：诗人在山里散步，夜晚的山是很冷的，小动物都去睡了，显得空荡荡的。秋天里松树结了松果，掉下来。松子落的声音很轻很轻，因为山里安静，所以诗人听到了。松果会砸到诗人的头吗？

第四句：他想起这个朋友，应该也没有睡着吧。他也许也在想着诗人呢。

寒食寄京师诸弟

◎唐 · 韦应物

雨中禁火空斋冷，江上流莺独坐听。
把酒看花想诸弟，杜陵寒食草青青。

这是一首想念弟弟们的诗。

寒食在清明的前一天，古代的寒食节是要禁火的，就是大家不能生火煮饭，只能吃冷的东西。

第一句：寒食那天刚好下雨了，又不能生火，诗人在家里觉得很冷。

第二句：他出来江上散步，因为是春天了，有很好听的黄莺的叫声，可惜他只能一个人听着，没有人可以分享。

第三句：他喝着酒，看着花，想着在长安的几个弟弟。

第四句：长安附近有个地方叫杜陵，那里的草，应该也和这里的草一样，很绿很绿了。

韦应物是我很喜欢的唐代诗人。他是一个很特别的诗人，他前半生的经历，近乎豪侠。韦氏是当时的名门望族，韦应物15岁起任三卫郎，是唐玄宗的近侍。安史之乱后，韦应物弃武从文，立志读书，任地方文官，也写了很好的诗。后人将他与王维、孟浩然、柳宗元等并称，可见

仿古山水册

明·蓝瑛

他的诗名。

韦应物有不少写给朋友的诗，都很有名。“凄凄去亲爱，泛泛入烟雾”“浮云一别后，流水十年间”，皆深挚动人，他人难以远过。大约因为诗人本身性情温厚，诗如其人，这点是不可改变的。

韦应物这两首诗的思致是很像的。起句写时令，次句写自己外出散怀，第三句写周围景物，结句转换时空，从思念对方的所在去写，幽眇深情。这也是古典诗词中的惯用手法，杜甫说“香雾云鬟湿，清辉玉臂寒”，韦庄有词“想君思我锦衾寒”都是同一机杼。

秋夜一首，前两句对仗工整而不见行迹，近乎流水对。怀君是因，散步是果。寒食前两句似对非对，也别有韵味。想诸弟之后就戛然而止，想到对方所在的春天春草已长成，令人欣喜。

这里也暗用了一个典故。

谢灵运有两句很著名的诗：“池塘生春草，园柳变鸣禽”，写春日的景致，自然生动，如在目前。据说这两句是因梦见族弟谢惠连而得的，所以生春草也用来暗指兄弟情意。其实古典诗词为什么要用典故呢？因为这是一种层积的暗语，就如最普遍的月亮，稍有些文学知识的人，看到明月也会联想起一些著名的诗句，所以这个月，已经不只是自然意义上的月亮了。而典故，可以有助于丰富诗歌的表现和内涵。有一种典故的用法，叫“使事无迹”，其实通俗一点就是说，不管懂不懂暗语的人来看，都能够领会到作者的意思、作者的感情。这句“杜陵寒食草青青”就是这样子，突然间从亲人的思念又回到了自然的景色，这种感情似乎与青草一般绵延无际了。诗不是缥缈的，诗是将无法表达的缥缈的感情，化为具象。

假如连纸笔都没有，靠什么传送心意？

逢入京使

◎唐 · 岑参

故园东望路漫漫，双袖龙钟泪不干。
马上相逢无纸笔，凭君传语报平安。

诗人要去西域就职，在去往西域的路上，遇到了从西域回京城的友人。

第一句：诗人一直往西边走，离故乡越来越远了。他望向东边，路越来越漫长。可是他不得不继续往西去，因为他要去上班呀。

第二句：他一边走一边擦眼泪，擦得自己的两个袖子都湿了，可是眼泪还是掉个不停。这个诗人真是太悲惨了。

第三句：他在路上偶然遇到了正回京城的老相识，诗人很高兴，想让他帮忙送个信回家。可是他想起来大家都骑着马，马上是没有纸，也没有笔的，写不了字。

第四句：那就请他转告家里人，一切都平安就行了。

秋　思

◎唐 · 张籍

洛阳城里见秋风，欲作家书意万重。
复恐匆匆说不尽，行人临发又开封。

第一句：诗人住在洛阳城里，见到秋风吹起来了。秋天到了，他有点想家了。

草堂客话图

宋·何荃

第二句：诗人想给家里写封信，可是拿起笔，又不知道怎么写，他心里有太多话了。

第三句：他写呀写呀，觉得写得很仓促，怎么写都写不够。

第四句：这封信是要托人送回家的，这个行人就要出发了。诗人总是觉得话没说完，又把信拆开来，又再写一写。哎呀，这样到底什么时候才能写完呢?

这两首诗，都是写思念家乡，给家人送信的一个小场景。两者对比着看，很有意思。岑诗是因在路上遇到故人，时间仓促，来不及写信，只有匆匆传一句话。张诗是想给家人写信，他的时间还很宽裕，就总是觉得自己的信没写好，临要送出去的时候，还要再修改。

古时候人与人的距离，真的很遥远，没有电话，没有手机，只有靠文字传送信息和情感。纸面有限，一字一句，都格外的宝贵。所以总要字斟句酌，所以才有那么多漂亮的书信流传下来。

而假如连文字都没有，那就只能靠言语的传递。又假如连言语都没有，还可以折梅、折柳……古诗云“折花逢驿使，寄与陇头人。江南无所有，聊寄一枝春。”心意也都在其中了（这个现在也很管用呢）。

虽然人类的情感未曾改变，然而空间变了，时间变了，很多情景是再也回不去，只有在古典诗词中，才能体会到从前的这份距离感和心意。

春风沉醉的夜晚

别辋川别业

◎唐 · 王缙

山月晓仍在，林风凉不绝。
殷勤如有情，惆怅令人别。

诗人去山里面看望他的哥哥（王缙是王维的弟弟），清晨的时候离开了，写了这首诗。

第一句：诗人很早就出门离开了，走在山路上，天刚刚亮，月亮还挂在天上呢。

第二句：树林里，清晨的风是很凉爽的，一直在轻轻地吹。

第三句：山月和林风好像都不舍得诗人离开这里，很殷勤地，在劝他留下来一样。

第四句：诗人觉得这样的离别，真是让人惆怅啊。

江南逢故人

◎唐 · 张祜（hù）

河洛多尘事，江山半旧游。
春风故人夜，又醉白蘋洲[①]。

① 白蘋洲是古代水路送别之地的泛称。

诗人从中原去到江南，遇到了老朋友。

第一句：诗人在洛阳一带的时候，有很多烦心的事情。

第二句：这次来到江南了，有很多是从前走过的地方，是熟悉的感觉，让他想起了很多美好的回忆。

第三句：在一个春风吹着的夜晚，诗人还遇到了他的老朋友。

第四句：他们很开心呀，一起在江边喝酒、聊天。白蘋洲，是长满了白蘋的江边。

这两首诗，一首写离别，一首写相逢。四句的五言诗，用大半的篇幅在铺垫，只在收束的时候，才告诉你，哦，这是离别。哦，这是相逢。

“仍在”“不绝”，已经暗示着诗人的不舍，直至看到“别”字，才恍然大悟，为什么诗人会在乎山月的“晓仍在”，林风的“凉不绝”。而“令人别”三字里，又包含了深深的无可奈何之意。

“江南”一首，前两句也是很漂亮的对仗，后两句只说了时间、地点和人物，至于怎么相逢、怎么醉、故人是谁，都没有说，只有春风之夜、白蘋之洲留予人遐想。

“又醉”二字，回应了前句所说的“旧游”，这个美好的夜晚，跟多年前的夜晚是一样的，怎不教诗人更加沉醉难忘呢？

山水册
清·石涛

自由的梦境，却无法抵达的思念

旅次寄湖南张郎中

◎唐 · 戎昱（yù）

寒江近户漫流声，竹影临窗乱月明。

归梦不知湖水阔，夜来还到洛阳城。

诗人在旅行的路上，给在湖南的朋友寄去了一首诗。

第一句：诗人住在江边，晚上睡觉的时候，听到江水的声音，很缓慢地、随意地流淌着。诗人并没有睡着。

第二句：他的窗前有明亮的月光，照着竹子，竹影在窗上摇晃。

第三句：后来，他睡着了，还做了一个梦。梦是自由的呀，不管湖水有多么阔大，路途有多么遥远。他在梦里去到了洛阳城。洛阳城，大概是他和朋友一起游玩的地方，所以他们都非常地怀念那里。不管多么远，都在梦里可以去到。所以，做梦是不是很好呢？

宿骆氏亭寄怀崔雍崔衮

◎唐 · 李商隐

竹坞无尘水槛清，相思迢递隔重城。
秋阴不散霜飞晚，留得枯荷听雨声。

这也是一首旅行路上怀念朋友的诗。崔雍、崔衮大约是兄弟，都是诗人的朋友。

第一句：诗人住的地方周围也是竹子，没有一点尘埃的样子。有一个池塘，临着栏杆。

江亭晚眺图

宋·朱光谱

第二句：他很怀念朋友，可是他和朋友之间隔了很多城市，很多的山，很多的水，见不到面。

第三句：秋天里总是阴沉沉的，秋天的霜还没有下来，天气还不是很冷。

第四句：池塘里的荷叶都衰败了，变成枯荷了。本来荷叶枯萎是让人伤心的事情，可是诗人，觉得它们还有一个好处。就是可以听到雨打到枯荷上的声音，很好听的。为什么诗人听着雨声呢？因为他晚上睡不着呢。

想念朋友，思念可以穿越千山万水，与友人相遇。也可以隔着千山万水，独自无眠听着雨声。无论跨越湖水，还是隔着重城，都是可感可念的情意。

第一首的“竹影临窗乱月明”极美，竹、影、窗、明月搅碎到一起，有光影，有动静。在这样的夜窗下做的梦，也是空灵的、自在的。相比之下，第二首的思念显得内敛而自省。

先看看诗题，古人写诗，诗题是很重要的，“宿”

"寄怀"，是在一个夜晚怀念朋友，而且是不眠的夜晚。思念一阵一阵地，却隔着千山万水过不去。怎么办呢？没什么可以做的，只有一遍一遍地，听着窗外的雨打到枯荷上的声音。这里的意思转了好几层：秋天的阴郁让人伤感是第一层；最冷的时节还没有到，而植物已经枯萎，是第二层；即使没有花可以看，听着雨打到枯荷上的声音，也足以消遣（很无奈的样子），是第三层；如果到严冬了，估计连枯荷也留不住，是第四层；为什么能听到雨声？因为诗人一直都睡不着了，很想念他的朋友，是第五层。

所以说，最后两句诗里，真是有无穷的话包含在里面，关于时节，关于气候，关于植物，关于思念，如何与自己相处，与思念相处，与让人不开心的季节相处。"留得"二字，是慰藉，更是一种深深的无奈。

李商隐也是少数的、真正的大诗人。

作为好哥哥、好父亲以及好外公的王安石

示长安君

◎宋·王安石

少年离别意非轻，老去相逢亦怆情。
草草杯盘供笑语，昏昏灯火话平生。
自怜湖海三年隔，又作尘沙万里行。
欲问后期何日是，寄书应见雁南征。

这是一首给妹妹的诗。诗人和妹妹很久没有见面了，刚刚相聚了可是又要分离，诗人很不舍得。

第一句：年轻的时候就分别了，当时就很难受。

第二句：现在各自都年纪大了，又才见面，心里也是又开心又伤感。

第三、四句：在昏暗的灯光下，诗人和妹妹一边吃着饭，一边聊着从前开心的事情和分别以来的生活。

第五、六句：和妹妹分隔了三年，中间还隔着遥远的山水。如今见面了，他却要往遥远的北方去了。

第七、八句：诗人跟妹妹说，如果想知道今后什么时候能见面，恐怕要等到秋天大雁南飞的时候，才能将我的书信送到了。诗人要去北方，大雁在秋天的时候会从北方飞往南方过冬。

送和甫至龙安微雨因寄吴氏女子

◎宋 · 王安石

荒烟凉雨助人悲，泪染衣襟不自知。
除却春风沙际绿，一如看汝过江时。

这是诗人写给已经出嫁的女儿的诗。

诗人送弟弟去龙安，天下着小雨，他想起来之前与女儿分别时的情景。

第一、二句：荒凉的烟雨好像也在催动着诗人的悲伤，他的眼泪呀，染湿了衣襟自己还不知道。

第三、四句：春天来了，江边的沙地里长出了青草，春风吹着它们，仿佛春风自己都是绿色的。除了这一点，其他的一切，都和与你分别时，看着你渡过江面，是一模一样的啊！

柳溪春色图

宋·佚名

赠外孙

◎宋 · 王安石

南山新长凤凰雏，眉目分明画不如。
年小从他爱梨栗，长成须读五车书。

这是外公写给孙子的诗。

第一、二句：南山里新长了一只小凤凰，它的眉毛和眼睛都很好看，画也画不出来。嗯，这说的是这个小孩子呢。

第三句：这个小孩子年纪还小，就让他按照小孩子的性情，去吃梨子呀板栗呀。

第四句：但是他长大了以后，需要读很多很多的书，有整整五车那么多呢。

王安石的诗在有宋一代地位很是特殊，既有宋人的新面目，新奇工巧，又有唐诗的风韵，含蓄深婉，所以很是难得。后人对他晚年的作品评价很高，其中又以绝句为最。黄庭坚说：“荆公暮年作小诗，雅丽精绝，脱去流俗。”时人张邦基在笔记《墨庄漫录》中也谈到：“七言绝句，唐人之作往往皆妙。顷时王荆公多喜为之，极为清婉，无以加焉。”

王安石的诗中有一类题材，让人既赞叹，又感动，那就是写给亲人的诗。刘熙载在《艺概》中说：“介甫文每言及骨肉之情，酸恻呜咽，语语自腑肺中流出。”其实不仅是文章，王诗更是如此。在这里，他不是历史上功过难明的“拗相公”，而只是一个眷念亲人的长者。

这里选的三首，一首写给妹妹，一首写给女儿，一首是写给外孙的，同样是亲人，不同的身份，王安石都写得极为动人。

王安石的大妹妹王文淑，是当时工部侍郎张奎的妻子。封长安县君，县君是唐代五品官的母、妻封号。诗写于仁宗嘉佑五年（1060）春，王安石奉命出使辽国，与妹妹短暂相聚后又即将分别。诗中出语天然，明白如话，情真意切，每读一次，都能让人感受强烈的手足之情，也是这本诗选里不多的七律之一。

颔联很出名，从修辞上讲，这个叫“互文”，上下两句的意思是分不开的，要合在一起看。写的是温馨而日常的吃饭场景，饭菜、灯火、谈笑、忆旧，平实的事情在诗人笔下有恰到好处的动人，实在很不容易。王安石的叠词用得很好，简直有杜甫的神韵。杯盘用“草草”，仿佛饭菜吃到一半，也仿佛是很随意准备的，更突显了两人关系的亲密和真诚。灯火是昏暗的，不清晰的，即使这样，依然可以谈笑，可以话平生。颈联以无限的空间对有限的时间，一个联系着未来，一个联系着是过往，结尾以大雁南征寄书作结，也是很普通的典故，然而韵味无穷。

作为一个父亲，王安石可以说就投入了更多感情了。他的集中有好几首写给女儿的诗，都非常动人，这里选的是其中一首。王安石有三个女儿，大女儿即第二首诗中的吴氏女子。大女儿嫁的人姓吴，嫁女从夫姓，故称为吴氏女子。还有一个女儿早夭，王安石为此写过一首很沉痛的绝句：“行年三十已衰翁，满眼忧伤只自攻。今夜扁舟来决汝，死生从此各西东。”

王安石写给家人的诗都以亲切深情见长。这首给女儿的诗，动人的在末两句。“春风沙际绿”，多么美好的季节。程千帆《古诗今选》中说，这句的绿字用得比“春风又绿江南岸”还要好，为什么呢？春风又绿，尚待春风去吹，“而这一句则意味并非春风能使草木呈现绿色，而是春风本身就是绿的，因此吹到之处，水边沙际，就无往而非一片绿色了。以春风为有色而且可染，是诗人功参造化处。”与之相比，“春风又绿江南岸”就尚隔一层了，实在是很高明的用法。“除却”“一如”两个虚词，也用得极为老到，仿佛又回到了看女儿过江离别的场景。一如，实际上重复了两次，一次是曾经真实发生了，一次是眼前场景的想象。“孤帆远影碧空尽，唯见长江天际流”的诗境在此以更为深折的方式呈现。背后远望的诗人，真是一个又温柔又悲凉的父亲。

王安石这个大女儿也很能诗，据说她出嫁后想念家里，曾经写了这样一首诗：“西风不入小窗纱，秋气应怜我忆家。极目江南千里恨，依前和泪看黄花。”可以说是很上佳的一首七绝了。为此王安石写了两首诗去安慰女儿，诗是这么写的：“孙陵西曲岸乌纱，知汝凄凉正忆家。人世岂能无聚散，亦逢佳节且吹花。”先告诉女儿说我知道了，再用普通的道理安慰女儿，“人世岂能无聚

秋庭婴戏图

宋·苏汉臣

散”，简直像套话，可是放在这里却非常的真实：让女儿不要太难过，好好地赏花好好地吹花吧，珍惜目前。写完了这一首，王安石觉得还不够，又加了一首：“秋灯一点映笼纱，好读楞严莫念家。能了诸缘如梦事，世间唯有妙莲花。”这首又是劝女儿多读读佛经，可以让自己超脱一些，不要太执着于感情。读完这些，才觉得作为一个父亲的唠叨，也真是亲切又可爱。

写给外孙的这首诗充满着童趣。古人喜欢用雏凤来比喻聪明有前途的小朋友。写孩子长成，写孩子好看，这些都很寻常。“年小从他爱梨栗”，这句就很难得了。“梨栗”的说法源自陶渊明，陶渊明《责子》诗说：“雍端年十三，不识六与七。通子垂九龄，但觅梨和栗”，带着很失望的语气，责备自己的孩子只知道吃东西。王安石说“从他”，一者是长辈对孙辈的宠爱，二者也是对孩子个性的理解和尊重。末句说“须读”，则是对外孙的殷殷期盼。宠爱与要求，两者并行不悖，真是个很让人喜欢的外公。

所以说，王安石实在是一个好哥哥、好父亲，以及好外公。当然，也是一位非常出色的诗人。

一个人的心事

最开始的那两首诗

静夜思

◎唐 · 李白

床前明月光，疑是地上霜。
举头望山月，低头思故乡。

第一、二句：诗人的床前有月光照着，显得地上白白亮亮的，好像是霜一样。

第三、四句：诗人又抬头看了一下月亮，嗯，确实是月亮又白又亮的光芒。这个时候诗人想起了他的家乡，他的家乡这个时候看到的，也是这样的一轮月亮吧。

登鹳雀楼

◎唐·王之涣

白日依山尽，黄河入海流。
欲穷千里目，更上一层楼。

第一句：白色的太阳靠着山边，就要落下去了。

第二句：黄河奔腾着，要流入海里去。黄河是我们国内的一条大河，河里夹带着很多泥沙，所以是黄色的。所有的河流，最终都要流到海里去。

第三句：如果想要有一双千里眼，可以看到很远很远的地方。

第四句：怎么办呢？那就爬到更高的地方去，就可以看得更远啦。

这几乎是所有父母都会教给孩子的两首诗，也是我们

月下把杯图

宋·马远

记忆中简直不会忘的两首，实在太经典、太脍炙人口了。

李白的《静夜思》从诗体而言是一首古绝，不是按照后来格律诗的平仄。每一句都仿佛不事雕琢，脱口而出，不需要解释，已经可以打动人心。看似随意，而句句递进。明知是月，而疑为霜，故而有望，可是这一望却又勾起客愁，故而低头徘徊。俯仰有致，全诗皆笼罩在一片清光中。

明月与思乡，也经此得到了更紧密、更广为人知的联系。从《古诗十九首》的“明月何皎皎，照我罗床纬。忧愁不能寐，揽衣起徘徊”，曹丕的“明月皎皎照我床，星汉西流夜未央”，谢庄的“美人迈兮音尘阙，隔千里兮共明月”，到唐初张若虚的《春江花月夜》“谁家今夜扁舟子？何处相思明月楼？……此时相望不相闻，愿逐月华流照君。”孤独的月与孤独的旅人，一再地进行演绎，到李白这里，就只化成这短短二十个字。唐诗不是凭空而来，前人已有巨大的宝库，唐人用了一种自己的方式，达到了另一个高峰。

《登鹳雀楼》则是一首律绝，它严格遵守唐初固定下来的格律，仄仄平平仄，平平仄仄平，平平平仄仄，仄仄仄平平。更难得的是两联皆为对仗，末联是流水对，意思相互承接，让人不觉得板滞，如果不细究，简直不觉得是呆板的对子。但是细究起来却是字字相对，词性一致，实在是很高妙。

这首诗的好处，在于境界的阔大，咫尺千里。“依山”“入海”，一个是恋恋不舍，一个是奔流不息；一个是眼前所见，一个是眼前所见的推断。鹳雀楼在山西，离海还远得很，说“黄河入海流”，实则是诗人的想象和推断。至此，意思似乎已经说尽了，说尽了鹳雀楼的高。末联要怎么写呢？末两句便从“黄河入海流”的虚处而来，想看到更远处的黄河，那就要“更上一层楼”了。难得的是这个一层是虚指，并不封顶，格局之大，真是毫无止境了。

很多年以后回到家乡，是一种怎样的感觉？

渡汉江

◎唐 · 宋之问[①]

岭外音书断，经冬复历春。
近乡情更怯，不敢问来人。

① 一作李频诗。

第一句：古时候，南岭之外、也就是广东，是非常偏远的地方。诗人被贬在岭南，跟亲人朋友都隔绝消息了。

第二句：经历了冬天，又经历了春天。那是过了多久呢？

第三、四句：如今诗人终于可以回家了，他渡过了汉江。汉江在湖北，是长江的一条支流。离家乡越来越近了，可是他心里却有点害怕起来，一点都不敢向从故乡来的人打听家里的消息了。

为什么呢？他本来应该高兴的呀。可是，离家太久，家里的人怎么样了？生病了吗？死去了吗？还认得他吗？不知道，他不敢去知道。所以才说“近乡情更怯，不敢问来人。”

回乡偶书二首（其二）

◎唐 · 贺知章

少小离家老大回，乡音难改鬓毛衰。

儿童相见不相识，笑问客从何处来。

第一句：小时候离开家乡，等到年纪很大了才回去。嗯，诗人有几十年没有回到家乡了。

第二句：诗人说话还带着乡音，可是鬓角的头发都已经白了。

第三句：小孩子看到来了陌生人，觉得很新奇。

第四句：就笑着问诗人，你是从哪里来的呀？

很多年以后回到家乡，是怎样的感觉？大概都被“近乡情更怯”这一句说完了。

家乡是自己从小长大的地方，有熟悉的环境，有熟悉

骑驴思归图

明·唐寅

的人。很多年没有回去，沧海桑田，家里有哪些变化了？亲人们有什么消息了？别人会怎么看远离了多年的自己？近乡原本应该欣喜，此时因着这些牵绊，却心生忐忑，心生怯意了。真的是这样，哪一个远离家乡的人，没有体验到这样一种心情的？自古到今，无论信息多么发达，都没有变。

至于第二首，这种心情已经由畏怯转为沉痛了，又转为调侃了。因为诗人实在出门太久了，太多年了。前两句全是对比，少小、老大、离家、回，未改的乡音、已变的鬓发。乡里的孩子都不认识诗人了，以为他是异乡人，还问他是从哪里来的。诗里没有给答案，因为诗人没法给答案。他从故乡人，变成了异乡人，这是怎样的沉重。这两句，很是举重若轻的感觉。从不谙世事、未经愁苦的孩童眼中，反衬诗人离家之久和故乡周遭的变迁，表达了诗人多年后回乡复杂的情感。

“睡不着”的诗

枫桥夜泊

◎唐 · 张继

月落乌啼霜满天，江枫渔火对愁眠。
姑苏城外寒山寺，夜半钟声到客船。

这是一首“睡不着”的诗。

第一句：那天晚上，诗人睡在江边的一艘船上，半夜里，月亮落下去了，乌鸦在啼叫。霜，是一种水的凝结物，像小冰晶一样的，只有天气冷的夜里才会出现。“霜”其实是凝结在地上的，诗人却说“霜满天”，无理而妙，可见天气之冷。

第二句：江边有枫树，枫树在秋天就是红色的，江上有渔船，要出去打渔的，点了灯，所以叫“渔火”。诗人心里想了很多事情，一直睡不着。

第三句：姑苏城外有个寺庙，叫作“寒山寺”，寺庙里有钟对不对？我们见过的，可以敲打的。半夜时间到了，就有人在撞钟报时了。诗人在船上睡不着，所以他就听到了这个钟声。

睡不着是很普通的事，很多人都会有睡不着的时候。诗人也是。

题新雁

◎唐 · 罗邺[①]（yè）

暮天新雁起汀洲，红蓼花疏[②]水国秋。
想得故园今夜月，几人相忆在江楼。

① 一作杜荀鹤诗。

② 一作开。

江亭望雁图

宋 · 马远

第一句：傍晚江边的小洲，刚刚从北方飞来的大雁正在起飞。

第二句：红蓼花开得疏疏落落的，这是水边的秋天了。水国，是说这里有很多河流、湖泊的样子。

第三、四句：诗人想起故乡来，故乡也是这样的秋天，也有这样的月亮。诗人的家人和朋友，可能也在这样的江边的楼阁里，想念着他呢。

这是一首很“秋天”的诗，新雁、暮天、红蓼、水国、秋月，组成了一幅江边秋景图，然而画不出的，还有诗人想念故园的心。前两句写当下，末两句转换空间，不说自己思念故乡，转说故乡的人念着自己，与“遥知兄弟登高处”同一机杼。这是一种更深邃的方式，而月夜与江楼，比“遍插茱萸少一人”更多了一份从容隽永。都是一样的秋天，一样的江景，却偏偏停留在各自的思念里，无法对接。

黄鹤和凤凰都飞走了

黄鹤楼

◎唐·崔颢

昔人已乘白云[①]去，此地空余黄鹤楼。
黄鹤一去不复返，白云千载空悠悠。
晴川历历汉阳树，芳草萋萋鹦鹉洲。
日暮乡关何处是？烟波江上使人愁。

① 或作“黄鹤”。唐人所编诗集如《河岳英灵集》《又玄集》《才调集》皆作“白云”。从诗的脉络而言，首联言白云、黄鹤，颔联皆有对应，尤其是“白云千载”一句有了着落。“乘黄鹤去”亦有出处，南朝梁任昉《述

异记》载："荀瓌憩江夏黄鹤楼上，望西南有物飘然降自云汉，乃驾鹤之宾也。宾主欢对辞去，跨鹤腾空，眇然烟灭。"

第一、二句：黄鹤楼是长江边一座很高很高的楼台。传说古时候，有人在这里升仙了，乘着白云到天上去了，现在只剩下一座黄鹤楼。

第三句：不仅人没有回来，黄鹤一去也没有回来。言下之意，就是再没有人能从这里飞升去当神仙了。千百年来，不变的只有白云，很悠闲地在天上飘啊飘的。

第四句：那是一个晴天，在黄鹤楼上，可以看到很远很远的地方，宽广的平原上，一棵一棵的绿树历历分明。江上有个小岛，叫鹦鹉洲，上面的草长得很好，连成一片，看起来非常茂盛的样子。

第五、六句：诗人在楼上看了很久，一直看到太阳下山，他不知道自己的家乡在哪里，自己该往哪里去。天色渐渐地暗了，江上漫起了薄雾，烟波缥缈，让他更加地发愁了。

《唐才子传》中载，李白去黄鹤楼，见到壁上崔颢的这首诗，大发感慨说：“眼前有景道不得，崔颢题诗在上头。”

这个事情的真伪不可考证，然而作者写这个故事，就是想说明这首诗的高明。李白诗名够大吧，连李白都敛手的诗，那肯定也非常好。

李白有一首凤凰台的诗，很是参考了崔颢的这一首。

登金陵凤凰台

◎唐·李白

凤凰台上凤凰游，凤去台空江自流。
吴宫花草埋幽径，晋代衣冠成古丘。
三山半落青天外，二水中分白鹭洲。
总为浮云能蔽日，长安不见使人愁。

第一、二句：凤凰台在南京，也是长江边的一座楼台，传说凤凰台有美丽的凤凰在上面飞翔，但是现在凤凰不见了，只剩下一座空空的高台，以及奔流不息的长江水。

第三句：这里曾经是三国时期吴国宫殿的所在，那时候的花草现在都还长着，把从前的小路给遮掩了。为什么草会长那么高呢，几乎把路给埋起来呢？因为这条路，再也没有人走了。

第四句：三国时期之后是晋代，晋代有很多世家大族住在这里，他们也都死了，他们的衣服也都埋在这里，成为小小的山坡。

第五句：想到这些，诗人觉得很伤心。他想让自己心情好一些，就往远处去看。从凤凰台上看过去，可以看到三山，因为太远，山色很淡，看起来好像有一部分落到天外去了。

第六句：白鹭洲是长江上的一个小岛，就像鹦鹉洲一样，这个白鹭洲上是有很多白鹭的，所以叫这个名字。白鹭洲挡在长江中间，水流就被分成了两部分。

第七句：那天是阴天，云把太阳遮住了。太阳是光

黄鹤楼图页

宋·夏永

亮的、温暖的，诗人喜欢太阳。但是云遮住了，他没有办法。

第八句：不仅太阳看不到，长安也看不到呢。长安是那时候都城的所在，也是皇帝在的地方。诗人希望能够帮皇帝做一些大事情，可见他连长安都看不到，更别说皇帝了，所以也很伤心。

这两首诗的写法很像，连用韵都是一样的。千百年来，有人说崔颢的好一点，有人说李白的更胜一筹，各有各的道理。这两首诗确实是势均力敌，难分轩轾。

总的来说，崔颢的诗，没有按照已定型的七言律诗的格律（颔联没有对仗，且第三句连用六个仄声字，而第四句以“三平调”结尾），但是前四句一意直下，显得体气超迈。

李诗有意规模崔诗，前两句道尽了黄鹤楼诗前四句的意思，二、三联怀古、写景，布局井然，最后一联发了一下牢骚，是一种怀才不遇之“愁”，看着让人抑郁。相比之下，我还是更喜欢崔颢的结尾，话没有说得太尽，只留下一片烟波浩渺。所以，喜欢羚羊挂角无迹可寻的严羽，在《沧浪诗话》中许其为“唐人七律第一”。

李诗的结尾，其实还暗用了《世说新语》中的一个故事，原文如下：

晋明帝数岁，坐元帝膝上，有人从长安来，元帝问洛下消息，潸然流涕。明帝问何以致泣，具以东渡意告之，因问明帝：“汝意谓长安何如日远？”答曰：“日远。不闻人从日边来，居然可知。”元帝异之。明日，集群臣宴会，告以此意，更重问之，乃答曰：“日近。”元帝失色曰：“尔何故异昨日之言邪？”称曰：“举目见日，不见长安。”——《世说新语·夙惠》

晋明帝才几岁大的时候，坐在他爸爸元帝的膝盖上（他们当时在建邺，也就是现在的南京）。有人从长安来，晋元帝就问他洛阳的消息，一边问一边哭。明帝问爸爸为什么要哭呢，晋元帝就把东迁的原因告诉他了。晋元帝问儿子：“你说是长安远还是太阳远呢？”明帝回答：“是太阳远。

因为从来没有听说有人从太阳那里来的，就可以知道了。”晋元帝一听，觉得这个孩子很有想法。第二天，很多臣子来参加宴会，晋元帝就告诉了大家昨天的事情，又重新问了晋明帝一次。这一次他回答：“是太阳近。”晋元帝很惊讶：“你为什么跟昨天说的话不一样啊？”晋明帝说：“抬头可以看到太阳，却看不到长安呀。”

对于当时的李白来说，他不仅看不到长安，连太阳也看不到了，所以这种伤心，还要更深一层。

笛声中有柳枝和梅花

春夜洛城闻笛

◎唐 · 李白

谁家玉笛暗飞声，散入春风满洛城。
此夜曲中闻折柳，何人不起故园情。

这是一首晚上听到笛声的诗。

第一句：那是一个春天的夜晚，诗人在洛阳，他突然听到有人在吹笛子。

第二句：笛子的声音散落到春风中，飘得很远很远，仿佛整座城市都听到了。一个“散入”一个“满”，极具动感，无形的音乐仿佛有了形态。

第三句：诗人在笛子声中听到一首他熟悉的曲子，叫“折柳”。折柳是一首送别的曲子，古时候有人要出门离开家乡了，他的朋友亲人就会折一枝柳枝送给他。

第四句：听到这样的曲子，谁不会想念自己的家乡呢？

与史郎中钦听黄鹤楼上吹笛

◎唐·李白

一为迁客去长沙，西望长安不见家。
黄鹤楼中吹玉笛，江城五月落梅花。

那时候诗人被流放到很远很远的地方，路上他经过了武昌，登上了黄鹤楼，也听到笛子声了。

第一、二句：诗人下一站要去长沙了，他站在黄鹤楼

月波吹笛图（局部）

清·禹之鼎

上想望到长安，然而看不到，也看不到自己的家。

第三、四句：黄鹤楼上有人在吹玉笛，诗人听到了《梅花落》这首曲子。江城就是指武昌，因为在长江边，所以称为江城。

这两首都是李白的闻笛诗，都是写闻笛和思乡。“春夜”一首是无意中听到笛声，听到了折柳曲，所以诗人动了思乡之情。“黄鹤楼”一首是有意听笛，诗人被流放夜郎，渐行渐远，心中早有去国怀乡之思，他在楼上听到笛曲《梅花落》，就诗意般地将地点时令“江城五月”与曲名《梅花落》连在了一起，造成了“无理而妙”的奇境。第三四句似乎与一二句毫无关联，看似无章法，却将“一为迁客”的低沉一换而为“吹玉笛”与“落梅花”的高逸华瞻，这种写法，这种诗境，也只有李白才写得出来了吧。

缤纷的落梅仿佛想家的思绪，在似与不似之间，在说与不说之间，故而最妙。

李白最喜欢的事情——喝酒与看山

山中与幽人对酌

◎唐 · 李白

两人对酌山花开，一杯一杯复一杯。
我醉欲眠卿且去，明朝有意抱琴来。

第一句：两个人面对面坐着喝酒，喝到山上的花都开了。

第二句：他们一杯一杯地喝呀，你说喝了多少杯呢?

第三句：诗人自己都喝醉了啊，想去睡觉。他跟朋友说你回家去吧，我要睡觉了。

第四句：明天要是还想来喝酒的话，就把你的琴也抱过来吧。诗人和朋友就可以一边赏乐，一边喝酒了。

李白的这首古绝很有意思。两人在花中喝酒，是花因酒开，还是酒为花饮，不知道，所以这是诗。明明喝到停不下来，情绪正自高涨的时候，却说要睡觉了，下了逐客令。结句又再一转，萧散自得地说："明天还可以来喝，但是要抱一张琴来。"似乎朋友来不来，对他都是无可无不可之事。

"我醉欲眠"的典故出自陶渊明，《宋书·隐逸传》："（陶）潜不解音声，而畜素琴一张，无弦，每有酒适，辄抚弄以寄其意。贵贱造之者，有酒辄设。潜若先醉，便语客：'我醉欲眠，卿可去'，其真率如此。"

坐看云起

宋·夏圭

独坐敬亭山

◎唐 · 李白

众鸟高飞尽，孤云独去闲。
相看两不厌，只有敬亭山。

还是李白。这是一首坐在山上看山的诗。

第一句：山上有很多鸟，都飞出去了，山里一下显得很安静。小鸟都是起得很早，因为它们要去觅食。

第二句：天上只有一片白云，很孤独的样子，慢慢地向天边移动，很悠闲的。

第三、四句：诗人觉得他很喜欢这里，很喜欢这座敬亭山，敬亭山也喜欢他。别的山，别的东西，他都会看厌，只有敬亭山，会一直喜欢。你有没有一直喜欢的东西呢？

美好的孤独

竹里馆

◎唐 · 王维

独坐幽篁里，弹琴复长啸。
深林人不知，明月来相照。

诗人和朋友住在山谷里，这个山谷名叫辋川，是一个很空阔又很清幽的地方。诗人给山谷里的好几处地方起了名字，有竹林的地方叫竹里馆，有辛夷花的地方叫辛夷坞。

第一、二句：诗人一个人坐在幽深的竹林里，一边弹琴，一边长啸。（长啸的具体场景今人已不可见，大约有两种方式，一种类似于吹口哨，一种为拉长声音的吟唱。）

第三、四句：竹林很幽深，诗人做着这些事情的时候，没有人知道。只有一轮明月升了上来，为诗人照亮黑夜。

辛夷坞

◎唐 · 王维

木末芙蓉花，山中发红萼。
涧户寂无人，纷纷开且落。

这个地方叫辛夷坞，辛夷就是木兰花。木兰花只开在树梢上，木末就是树梢的意思。说芙蓉花，是因为木兰花很像是长在树上的荷花。

第二句：玉兰在山中开出了红色的花蕾。

第三、四句：山涧的小屋里没有人，很多的辛夷花自己开了又落了。

辛夷图

明·沈周

辋川集的二十首诗是王维的名作，这里选了其中的两首。

幽居山中，只有零星两三个友人相与，是一种怎样的体验呢？王维在诗中为我们再现了这一种幽静自得的状态，令后人追慕不已。

弹琴没有知音相伴，“深林人不知”句流露出淡淡的惆怅，而末句很快地解决了这一矛盾：明月有情，明月即友人，即知音，令诗意也陡增。诗人的襟怀在此映照下，也显得孤高落落。

辛夷花在没有人的山涧中开落，短短四句诗中包含了漫长的春天。诗中呈现了一种自然的状态，虽花开无人赏，却无怨言，一切都很平淡。对于写诗的人而言，也正自是心境的反映：怀抱珠玉，不求人知。

童心即诗

盆池五首（其五）

◎唐 · 韩愈

池光天影共青青，拍岸才添水数瓶。

且待夜深明月去，试看涵泳几多星。

诗人有一个大水盆，埋在地下添了些水，就成了一个小池子了。

第一句：池子里面映出了青色的天空，水面波光粼粼，和天空的倒影融汇到了一起了，仿佛天空在水里摇着荡着。

第二句：池子里的水其实并不多，诗人才加了几瓶水，水盆已经满水了。拍岸，就是水已经可以拍到岸边了。天是不是很大？但是只要一点水，就可以把天给映出来了。很神奇吧？

第三、四句：诗人说，等到夜深了月亮沉下去了，再来看一看，这个小池子，可以让多少星星在里面游泳？是不是很好玩？我们也可以试一试呢？

移家别湖上亭

◎唐·戎昱

好是春风湖上亭，柳条藤蔓系离情。
黄莺久住浑相识，欲别频啼四五声。

榴枝黄鸟图
南宋·毛益

诗人要搬家了，他的旧家门前有个湖，湖上还有亭子，他很喜欢这个地方，写了一首诗跟这个亭子告别。

第一句：正是春风吹到湖上亭的时候。

第二句：湖边的柳枝呀、爬藤植物呀随着春风长起来了，长长地在空中飘荡，好像要牵住什么东西。

第三、四句：诗人在这里住得久了，觉得连树上的黄莺鸟也好像认识他了一样。诗人走的时候，它还一直在叫，似乎是很不舍得呢。

盆池虽小，可是可以映出天空，这是从极小中见极大。“且待”“试看（此处读kān，平声）”，承接得别有姿态。诗人像个孩子一样，怀抱着天真好奇的心，要来数盆池中的星星。

湖上亭、柳树、藤蔓、黄莺鸟，都仿佛洞悉诗人“不舍”的情感，这是“移情”。将我所欲，我所思的情感，推及到本来毫无感情的“物”中。以我眼观物，则物皆有情。其实，这就是孩子的眼睛，在他们眼里，万物皆有灵有情。

保持童心，就会有诗心。

哀怨中的壮美，沉痛中的豪情

凉州词二首（其一）

◎唐 · 王之涣

黄河远上白云间，一片孤城万仞山。
羌笛何须怨杨柳，春风不度玉门关。

这是一首边塞诗。边塞诗，就是在国土边境一些重要的关口、重要的地点写下的诗。边塞一般都在很远的地方，需要有人驻守在那里，防止边境外面的敌人入侵。那里的气候很冷，生活条件艰苦，又不能回家。

第一句：黄河从高处流下来，诗人站在下处看，觉得黄河好像与白云连接在一起。

第二句：在黄河边上，有一座小城叫玉门关，它的周边都是很高很高的山，再没有别的城镇了，所以叫“孤城”，是一座很孤独的城。守边的人就住在这里，远离了他们的家乡和亲人。

第三、四句：诗人在这座孤城里听到有人用羌笛在吹《折柳》的曲子，吹得很哀怨，很伤心。诗人想，这个笛子呀，不要吹这么哀怨的曲子啦，吹了也没有用。因为玉门关这里，春风吹也吹不到，时时都是冷冷清清的，也没有春天嫩绿的、轻柔的杨柳树了，吹《折柳》来干什么呢?

有版本作“黄沙远上白云间”，从意思上说更容易理解。万里黄沙与白云相接，可见地处的荒凉。但是从诗意上看不如“黄河”，黄河是流动的，是绵长的，滔滔不息的，画面更为壮阔奇美，意态闲远。流动的河水与静默的孤城也形成了对比，勾勒出边塞的奇异风景。

凉州词二首（其一）

◎唐 · 王翰

葡萄美酒夜光杯，欲饮琵琶马上催。
醉卧沙场君莫笑，古来征战几人回。

这也是一首边塞诗。

第一句：凉州这里，有葡萄，有美酒，还有美丽的夜光杯。这种杯子，是玉石做成的，盛着酒在夜里会泛着亮亮的光。边境的生活虽然艰苦，可是这里的物产很特殊，从前我们这里是没有葡萄的，葡萄就是从西域传入的。

第二句：诗人想喝酒的时候，酒宴也开始了，有人骑在马上弹起了琵琶，乐声急促欢快，好像催着他快点喝酒，快点起舞，快点欢歌。

第三、四句：诗人说，我在沙场上喝醉了你们不要觉得好笑，因为古来出征战场的人，又有多少人可以活着回去呢？

盛唐的边塞诗向为人所称道，以上所选的两首，是其中的代表。第一首，哀怨中有壮美，第二首，沉痛中有豪情，各具姿态。后世基本没有人像盛唐的诗人那样，可以以那么一种乐观的、积极的心态去看待守边，于是成就了唐诗雄奇的一面。边塞诗到后来就不是这样的趣味了，

神骏图卷
五代·佚名

“可怜无边河边骨，犹是春闺梦里人”，就只剩下凄清和绝望。时易世变，国力变了，人心也变了。所以，诗是可以反映世态的。治世之音安以乐，乱世之音怨以怒，良有以也。

寒夜客来与游园不遇

寒　夜

◎宋·杜耒（lěi）

寒夜客来茶当酒，竹炉汤沸火初红。
寻常一样窗前月，才有梅花便不同。

第一句：寒冷的夜晚里，诗人的朋友来家里看他了。诗人想请客人喝酒，可是只有茶。天气很冷的时候，是不是都不想出门？可是这个朋友却来了，他和诗人的关系一定是很好的。

第二句：诗人开始泡茶了。用竹炉煮水，炉火烧得红红的。

第三句：这个夜晚很冷，不过月亮也出来了，就在窗前。

第四句：月亮很平常，可是窗前的梅花也开了，有了梅花，诗人觉得月亮看起来更好看了。

普通的寒夜有了朋友的来访，也变得不同寻常了。真是一件非常令人开心的事情。

宋诗有时候是很有味道的。看上去普通的句子，细细想细细咀嚼，却让人觉得意味无穷。

譬如这首的第一句。

寒夜客来，已是难得，见交情，也见诗人的欣喜。交情好，则不必在乎有酒无酒，杯水杯茶，也可絮语平生。末联写到月，可见时间的推移。“才有梅花便不同”，突出了时令，且这位客人之于诗人而言，未尝不是“梅花”。他的来访，令诗人这个普通的寒夜，变得不同寻常了。

游园不值

◎宋 · 叶绍翁

应怜屐齿印苍苔，小扣柴扉久不开。
春色满园关不住，一枝红杏出墙来。

春天来了，诗人去朋友家里，朋友却不在家，于是诗人写了这首诗。“不值”就是“不遇”，没遇上。

第一句：朋友家的门口长了绿绿的苔草，诗人穿着一双木屐，木屐就是木头做的鞋子，是很硬的，踩在苔草上面，就印出了脚印。诗人很不舍得踩到绿绿的苔藓，可是没有办法，他要去敲门呀。

第二句：诗人轻轻地敲门，等了很久，门都没有开。这位朋友也出门去了呢。

第三、四句：遇不到朋友是很让人失望的。朋友家有个很大的花园，诗人也看不到了。虽然看不到。却有一枝杏花从墙里面伸出来了，而且开得很好呢。所以诗人说，春天的景色呀，是关也关不住的，杏花都会偷偷跑出来呢。

五清图

清·恽寿平

这首诗的末联，自是千古名句，写的是出墙的杏花，是藏不住的春光，又似乎不止如此，透着宋人的哲思。钱锺书在《宋诗选注》中，举了叶诗之前不少类似的诗句，陆游的“杨柳不遮春色断，一枝红杏出墙头”，南宋张良臣的“一段好春藏不尽，粉墙斜露杏花梢”，唐人温庭筠的“杳杳艳歌春日午，出墙何处隔朱门”，等等，意思都是相似的，然而不及叶诗的醒豁。“关不住”与“出墙来”，更富于对比性，诗句中的用词也更为通俗，容易让人过目不忘，才成为经典。

这首诗的第一句也很好。“应怜”，诗人对于万物的体贴，不仅在于显眼的繁花，低到尘埃里的苍苔，也同样值得怜惜，非常的可贵。

|参考书目|

《唐人绝句精华》刘永济选释 人民文学出版社 1981年版

《古诗今选》程千帆 沈祖棻选注 上海古籍出版社 1983年版

《宋诗选注》钱锺书选注 人民文学出版社 2002年版

《唐人万首绝句选》王士祯编 辽宁教育出版社 2000年版

《宋诗三百首》金性尧选注 陕西师范大学出版社 2005年版

《唐诗鉴赏辞典》萧涤非等著 上海辞书出版社 1999年版

《唐诗百话》施蛰存著 上海古籍出版社 1987年版